路过不确定的时间

俞敏 著

作家出版社

序　诗歌，抑或是生命熵减永恒的力量
——俞敏和他的《路过不确定的时间》

吉狄马加

当俞敏的第三部诗集成稿《路过不确定的时间》放在案头时，不由感慨难了。感慨难了，滥觞是因为“路过”和“时间”两个关键词。我猜想，这应当是俞敏对这部诗集的心志和心血，更准确地说，该是《路过不确定的时间》高度凝练的种种意境之“素描”，是诗的高昂的头颅。

思绪很自然地回到马尔克斯，他的那句“生命从来不曾离开过孤独而独立存在，无论是我们出生、成长、相爱、成功、失败”似乎专为诗歌和诗人而记，它早已镌刻在我灵魂最僻静的深处。俞敏的《路过不确定的时间》，似乎不停地在倾诉一个生命的出生、成长、相爱、成功、失败——还不止这些，最宝贵的，是俞敏对生命“零距离”般不懈的追索，乃至是扪心考问和无休止的自我审判。

《路过不确定的时间》由“重叠时间”“空山之深”“夜的窗前”“水的汹涌”四部分组成。我权把这四辑称为诗的四个声部的“阿卡贝拉”（或许大于四个声部）。这四个声部，此起彼伏，挤占挤压碰撞之间，潮起潮涌永不跌落。正因为这般，俞敏的诗作意象层次分明、镜像空间耐人寻味。值得重墨的是，《路过不确定的时间》还因为路过和时间，滋生了与众不同的独有气息和富足的独特的韵味、节奏。

路过不单单是经历、经过、经受，不仅仅是途径的匆匆，还有忙碌中对时光流逝的隐隐疼痛。路过应该是重叠时间里于回眸间多情的一瞥，从此刻骨铭心，踔厉在诗的浑然天成的肌理中。他（俞敏）写道："我从黑暗中醒来／窗外已经大雪覆盖／春从树根来到指尖／它也需要脱壳而出／展示它最初最小的春天"(《雪开始松动并融合》)，"醒来""覆盖""脱壳而出""最小的春天"，这短短的五行五句，每行每句宛如完整的一阕乐章，章章情绪有致地向上推演，又恰到好处地在以小春天的名义缓缓又干脆地沉落。

凡是过往，皆为序章。

俞敏的这本诗集，每一首诗表面上昂然分立，但每首诗在每一辑中却如同坠入错落有度的组诗内，十指相扣，密不泄风。这样的诗，在这部诗集中信手拈来。比如其中的《祝福》，甫一出手，就可见可听"咄咄逼人"般诗的气息——这应是俞敏娴熟的语言能力所逮，角度精准、用力恰当，一如正酣畅在诗中、一路娓娓道来："后天就要在船上，／在水波荡漾里，／把西边的湖雨北边的海，／拉高至祝福的吃水线。"诗一开始就直奔主题，在直奔主题的路上，给我们心心念念的西湖，与海紧紧相依相连的丰富联想——什么叫高原？高峰？高手？俞敏因职业之故默默潜沉了四十余年，早已走出了诗的遣词造句的基本训练，而长期蛰居在诗的运筹帷幄中。路过和时间，确切地说，应该是诗集作者不同寻常和不凡的气质，逶迤而至，贯穿入里。在诗集的第二辑、第三辑、第四辑，俞敏的这种诗的血象、诗的造影，鲜活在每一辑任意一首诗中，并一气呵成。我随便翻阅其诗集的任意一首诗，都能感受到这种孕育的灵动和唯我独尊的经络。我在不断地揣摩诗集第二辑"空山之深"中的《树枝垂下来》，揣摩着最末一段"夜幕找寻的／都是被记忆擦伤的路／瓦罐里／灯光不要你来说话"，此时此景，诗已化作大海的礁石，分不清是目光走进了诗里，还是诗走进了目光中。不得不佩服，俞敏对诗的细琢，已到了精到别致的境地，连一首诗的扫尾，也绝不敢懈怠，亦不放松而匆匆带过，以致“擦伤的路”和“不要你来说话”，耐人寻味地互为一体。

“时间在刀尖上舞蹈 / 只有光能刺向未来”——这是我本人数十年前写的诗中的两句，但至今仍在我心中时时激荡着，难以忘却和释怀。我认识到，时间不该是俞敏这部诗集的轴，而是灵魂的车轮，作响在朗朗乾坤下。在俞敏的诗中，时间是有形的，却又是无形的，它似乎无处不在，又因为有诗这个广阔驰骋之地，故若即若离。时间是俞敏诗中常用的意象，只不过这个意象，不再是简单的使用频次，而是以此凸起了无量空间——无边际无约束，甚至蝶变或蜕变或分身。在《黑白的时间》里，时间不再转眼而没，时间是思考的代名词，始终在通透、浸润着每一行诗句。“我尽量不去注视这些东西 / 我愚笨的手指也避免触碰他们 / 但我无法阻止探究洞穴的一丝清凉”，这里时间被隐藏了，而诗中的事实却如雨打芭蕉“闲”听雨。诗的最后一句，俞敏似乎是在给自己肯定的答案——这个答案同样是含蓄依旧、意犹未尽的答案。因时间，俞敏这般地写着，“我看见路边一朵枯萎变色的山茶花 / 仿佛是惊惧彷徨已仙逝的我”，回答静悄悄，却深深锥心锥目。

时间的角色一直在变，每个阶段每个时期对时间的收放是不一致的，更多的时候，角度不同，维度和向度也不同。《水的汹涌》应该是俞敏诗集的跌宕的激流。我喜欢《我是谁》《星期二晚上》《满山都是你》《中途》《两个人》《窗外》。我这里要例举俞敏的微诗，这应该是俞敏对诗的更高、更深层次的探索，不在于早、晚，而是探索的真谛（理）权重和质量。俞敏乐于微诗迟到了的应运。如果把这种实践的结果比为花蕊，那么俞敏探索时开出的花蕊，其茂盛程度不亚于诗的花朵。

“把灯光熄灭 / 我再也无法 / 独坐黄昏 / 在背景里 / 叫响你的名

字”(《把灯光熄灭》)，我不知道是谁熄灭了灯，更暂时无法觉察微诗的缘起缘落，但读后就沉甸甸地爱上了俞敏微诗中带出的那种说不出来的意味，甚至心落于俞敏为什么要在“我再也无法”和“独坐黄昏”断句分行?

再比如《风筝》，“就要坠地的风筝/唯一能解救的/只有/让闪电和呐喊/把风喊回来”，文字精到成熟老练是俞敏撕不烂的标签，但他对诗情、诗意的把握，居然那么干脆干净，以至于三言两句之间就掷地有声，这于我还是有些意外、有些吃惊的。

我经常“戏”说，我们所说的现代性及后现代性，都是过去时。谈现代诗及后现代性，就应当论及眼前和当下的当代性。谈俞敏的诗，也应该以当代性来细分细品，或许，对于这些，俞敏的诗皆已“游刃有余”。

对于诗的天赋和悟性，诗本身应当就是最好的有力文件。

“这并非稀罕之事/犹如那晚餐时分/鸣响的钟/为落雪覆盖而走了调”(荷尔德林《哥伦布》)。仁者见仁，智者见智。

是为序。

吉狄马加：中国作家协会原副主席、书记处书记，中国作家协会诗歌委员会主任。

目　录

第二辑　空山之深

第三辑　夜的窗前

第四辑　水的汹涌

第一辑　重叠时间

雪开始松动并融化

我从黑暗中醒来
窗外已被大雪覆盖
春从树根来到指尖
它也需要脱壳而出
展示它最初最小的春天

三年了，雪一样的白
以一种坚韧抚慰
这黑土地的每一片叶子
直至我们从黑暗的尖叫声中醒来

婉转的鸟鸣在空白处走远
我把一生
最初的洁白之花交给它
期盼下一个冬季
——不
要在这个秋天，在柿树的红火之前
看见希望的波涛席卷大地

我从黑暗中醒来
雪已覆盖住昨天
唯有鸟鸣

朝露一般
带来每天的欣喜
让我穿行在即将到来的
春天树林
倾听叶子们激动的脚步声

钟声已经敲响
黑夜的窗帘已透出光明
雪开始松动并融化

2022 年 2 月 9 日，正月初九晨

通体透亮的冬天

光在蓝色的天窗外
斜斜照射进来

轰鸣的道路宛如发梢
越发陡峭

喉咙落荒。没入烟尘
被呛住

弥漫。狭小的空间
他们如沧海的躯体
茫然集聚

朦胧的一团团白雪啊
并不是这个冬季

空洞的殷红殷红啊
却要不停地滴落
生命。悄无声息

在黑色的地底
被另一个世界

消融

麦克风的声音如飞鸟
不断叫错春天的名字

把一件扣错纽扣的衣裳
穿了又穿

把一个无法平整的过去
一束不能再开的花
用大漠深处无法窥视的土掩埋

用蓝天在上
苍天在上的响亮
来奠基

一棵长满春天的树
就这样
被风，被愚蠢，被欲望
一片一片地
吹光了叶子
吹往苍穹的悲苦深处
风还在刮
寒冷依旧在路上

风还在刮
星星在晨曦里加入太阳的光芒

夜在不停战栗
胸口的炭火开始燃烧

他们把你的血液抽干
也把黑暗的天空吮吸
干干净净

我的兄弟
幸亏你早就上山了

那方闲云野鹤的章
一直留在我这里

作为镜子的召唤

太阳也会把你的黑色身子
照得通体透亮

2023 年 1 月 4 日

写在立春的早上

现在是立春了
但冬天的坚硬还没褪去
光滑的树枝开始隆起
融化冰凌的故事
光着脚丫慢慢苏醒

一朵在冬天悔过的花
一只在深蓝毛衣里裸露的手
在微风中失去了方向
在这个没有神灵可以信任的时刻
你抱紧双臂

总是路过
一路过就和夜晚连在了一起
一首没有听过的歌
也与时间连在一起
信天翁一直在滑翔
在陌生夜的海洋

在经过一个地下室的房间
在一个玻璃瓶里
我对着最后一点绿说

我要把一滴水
搁在它们的舌尖上
让生命浮起

故事总是很多
就像晨起的水流和鸟鸣
见不到太阳的雾
在濒死的边缘
再次打开
你的身子已入泥土
天空被蛛网改变
苹果也在枝头坠落

不知道
是不是在生命的另一边
还存有
你最后的时光

2023 年 2 月 8 日晨

存　在

昨夜短暂存在
秒钟生命
熄灭
或你更改了存在的方向

也许，从来就不知道
来去是虚线还是实线
但必须承认，在那儿
黑夜的箭在等待我们

只是配角，却要像主角那样期待
没有谁在我们身边永恒
我丧失的出路
两边都是星夜
接纳。从来都是焦灼
无法嘹亮

谁说从今天
眼睛就陌生了
谁说我的器官荒废
时间是她短暂的姐妹
我看一个字一个字的失去或逝去

我看见时。你已转过身
没有知道谁的感恩
也没有谁知道明天是否继续

对着你，像在对石头说话
现在。我准备沉入水底
随波漂离。夜，漫出光
二月的早晨
忧伤滞留

2023 年 2 月 16 日晚

前　夜

我已做好准备
在春天迎接寒流

我想亲眼看见
折断的树枝
流出痛楚的汁液
给已遥远的
火车作最后的封底
泉眼，从此断流

纪念走过的路
让一首怀旧的情歌
兀自响起
在没有星星的夜空

我已做好准备
把往事包裹起来
丢入水里
我也会为你
涂上一层保护膜
像珍珠那样
闪闪发亮

转身以后
我的脚下
将出现一片
茂密的森林和
越季的血丝

2023 年 2 月 17 日

名　字

名字
从来没有离开过他的眼睛
有好几层皮肤再现：
蝉衣被丢弃一边

看一朵花
穿过身体
你不确定的是：何处开放

一颗星
如何让电波的延迟
锁　　死

他是一个书写者
在黑暗中
他发明了星星

他把这个冬天的谜语
压入箱底
每个
不可触及的
都放入天空

开春
沉寂的风中
你的名字
叫放飞

2023 年 1 月 22 日，正月初一

绿色扉页的早晨

立春的早晨，天停止了下雨
一场浩大的没有谜底的雪终于可以停止融化
对面的阳台在抽芽，一阵风就可以将它的绿
全部掳走

那阴冷的波涛真的可看见梅花吗？
没有太阳，眼睛就不那么刺了

那条走了一半的路，今年再继续吗？
其实，每一次走就是一卷黑白胶片
我们和片子里的人一样步伐机械，滑稽可笑

一个立春的早晨
在一个有着绿色扉页的早晨
有一个叫保罗·策兰的人，从书里探出身来，询问：
要是哪一天你升入天国，你是否会这样质问上帝？*

2022 年 2 月 4 日

---

* 出自意第绪民歌。

春天的眼雾

只有洁白书本的映衬
也只有在高贵的文字面前
它们才这样肆意流动
如消失沙丘的重现
即使以病痛的名义

一切生命
都是一道不确定性的创口
就像这突然出现
看不见的
春天眼雾

它们是：从我眼里
诞生的一群飞鹰
也是带疾的烛火在早晨的空旷之地
引燃
窗户：只剩一个轮廓

它们是：我眼里的一团
慢慢洇开的水墨图
补丁一般，随时消失的小桥和流水
就像风雨吹刮着故土

留下的都是细小灰烬
占尽的江山

它们傲慢而鲜活
它们藐视下一秒的消亡
它们从我一出生就潜伏在那里
它们等待的那天终于出现了

当我的细胞依然沉睡
当血液的温度降至了地平线
当寻常清晨的平静
被梦境的鸽哨穿透
这都是春天：
一场雨雾的前兆

眼睛被薄雾遮挡
衰败开始掉落枝头
我在等
为数不多的春天讯息

这里将作为符号
这里将会是一个起点
生和死，不断伸开
此消彼长的手臂
就像窗外的一根紫藤
布满自愈或自虐的瘢痕

就从早晨开始吧

为纪念：一只眼睛的死亡

和春天

它来不及展示的痛

2023 年 4 月 6 日午夜

人间的明亮

这个春天
带上酒和无法停止的丧失
岁月耗尽

南边的山庄，风
就在那儿向我敞开
安静从来不是一种接纳

后来：一直燃烧
因为它有眼睛
它看见，我们也看见
人间因此明亮

驮着上帝
走向灰色的远方
线路是旷野已久的逃离

现在就拿去吧
恒久的誓约
为了唤醒
一道毁灭的光辉

再去流浪

头顶声音的闪开
没有声音的光线
灵魂被遣散

玉石的光
锁不住绝望
太轻，太重，太伦理
天使长出翅膀不是为了毁灭
最年轻的树叶
也会见证死亡

脸庞的字迹
将要褪色
秋天丝绸的光泽
涌动的泉水
名字就在我双手之上
被命运高抛

一根火柴
无法像鹤一样
划出三月的光亮

我听见：
清洗世界的声音
腹腔被照亮
我们躲过的星辰
无一落下

2023 年 3 月 8 日晨

黑白的世界

我尽量不去注视这些东西
我愚笨的手指也避免触碰他们
但我无法阻止探究洞穴的一丝清凉

我把火点燃以后
我就从窗台像蝙蝠一样纵身跃下

时间变得甚为焦虑
说好的回家路遥遥无期

我分辨不清，满地松针的走向
他们如何从黑夜中熬过冬天
我看见自己晨曦的影子
蹒跚是那样的无力
这不该是
春天清晨应有的模样

我尽量低着头，避免与任何人照面
我不想让人看见我的虚伪和蝉脱
风从我身边掠过
我也学会了及时躲避

我看见路边一朵枯萎变色的山茶花
仿佛是惊惧彷徨已仙逝的我

2022 年 4 月 19 日

缰 绳

无法抓住一根缰绳
以及策马扬鞭的狂奔

石器时代充满先人智慧
善恶之间仅剩一张纸

时间是一丛熊熊燃烧的
烈火。一切在
俱焚后的灰烬里

2022 年 4 月 20 日

祝　福

后天就要在船上，
在水波荡漾里，
把西边的湖与北边的海，
拉高至祝福的吃水线。

届时，酒红色的光将投射在水面，
沉郁多年的沧桑将铜镜般闪耀，
一个垭口的台阶从此新生。
以后的每一天，
都是最新最轻最亮的风。

后天也许没有太阳，
或许会有惊喜的雪花降临。
我会代表每一片缺席的花朵和叶子，
让橘色火焰燃起的浓浓酒香，
化为深情的爱意缠绕。

后天，岁月将裁剪一件全新的衣裳，
将幸福披挂于船头。
我们将畅怀，在黑夜灿烂的碧波上，
藐视时光，藐视虚无，藐视所有的预言。

后天也将会有清澈的鸟鸣，
从远处和低处的四面八方传来。
我会把这所有一切，
收纳在一片金色的叶子里，
做成记忆的标本。
透过时光，
延续脉络，
永久生生不息。

2022 年 2 月 8 日

等待时光

一截幽暗的炭火在水里
仿佛是黄昏间或闪动的双目与你对视

荒凉的野外传来长啸声
停顿之间，解锁的心跳
挂上了如水的悬崖

太阳灰色的光照了进来
裸露的温差，相距遥远

全城都在等待
时光被一粒黑麦停顿

莱茵湖畔
红舞鞋的咳嗽声传来
微凉的湖面
依然旋转
慢慢聚拢起一条曲折哀怨的长龙

2022 年 4 月 13 日

重叠时间

站立山坡
任陌生的潮，经过
宽阔的额头
席卷的阳光，还有抽离的云

退去血色的花朵在水边聚拢
接近黄昏的牛羊安睡
青萍残存生机
未展开的旅行
被黎明的纤毫敲碎

每年路过的
烽火台
只臣服大漠的高亢
闪电和下垂的狼烟充斥欲望

影子与时光
把白发喂养的
岁月拖出了很远
那天清晨

太阳忽然从林子里复活
那是它
刚刚挣脱了大地的羁绊

2022 年 3 月

菩萨蛮·数间茅屋闲临水
——王安石同名作古诗新题

许多年都过去了
只有临水的茅草屋还在
大规模的变迁
已不能吐出真相

在江宁钟山半山园，我听见阵阵鸟鸣
我看见醉酒的沉默
一介布衣和一头倔驴
进行在没有砌起围墙的旅途

我看见那曾经燃烧庙堂的火光
那恐惧的气息
那不是一夜就能吹开的风
还在吹

我看见缺席的伤口无法愈合
没有人在意他的创意
就像历史，终究碾压过每一个个体

他试图把月亮剥开，公之于众
他试图用第三只眼睛与你对话

他试图让黑暗结束，让光亮翻墙而出

是的，我现在就重组他们的面孔
我要为他们再次命名
把黄鹂的声音复原
把所有生长的光
曾以最微弱出现的
都再次放大

许多年了
现在看起来依然宏阔的
诗句在荒凉中不断醒来
草木不再穿行于
磨难的灵魂和肉体
血一般的颜色
才刚刚离开他的窗棂

2022 年 5 月 2 日

在初夏

方格子，奢侈品，紫色的小花。
初夏：向家靠拢
朝我的方向迁徙。你的眼睛
拒绝其他眼睛。注视
窗户是否蒙上了一层铁锈。

转场。拒绝一切闲人。进入幽暗
我从封闭的堤岸后门进来
我的手是锐利的沉默。
无声的马蹄。跟着我
想看我
窒息的薄荷香。

真的无所谓吗？
风透过脸庞
吹拂你的嘴唇。
准备在最下层。任由那些念头
蹂躏。把白昼当成黑夜。

在你可以移动时，
我不再抱怨石头。
在灌木丛中

我把手指伸进你的伤口。
那是一根短暂的天堂导火索。

呼吸只是一半，
就在忧伤的边缘。
我堆砌你的沙丘。
我看不到。我的不出现
让初夏
在你的唇边，
就那样呼啸而过。

2022 年 7 月 26 日

行走在仲夏

几棵草的叶子上下摆动，仿佛是伸出热得喘不过气来的舌头。
知了的声音，呈十面埋伏之势。
肉身裂开至荒漠的永恒。
层层叠叠正在开始和停止的瞬间被灭失。
地面留下的影子滚烫，蝼蚁远遁故土。

风吹过这些影子，已接近懈怠的午时。
三棵树之间，有列车呼啸经过，你不能见到它的全貌。它带风疾驶的样子，唯有高处才能看见。

它像响尾蛇一样嗡嗡作响，使人难受。
此刻，一辆电瓶车像鸟一样停了下来，我猜想是由于它的饥饿。它审视着然后与我擦肩而过，显然我不是它牙口里的食物。因为我的眼睛像一枚刚刚坠落的果子，还残留着青色的生机，散发苦涩气味。

它不知道我如玉的壳体其实一碰就碎。
那只树上见过的松鼠，也不见踪影。
暗恋它的那只鸟也一定睡着了。
睡着了的，还有那只看过《白蛇传》、去过法海寺大胆的橘猫。

这个时间，普天太平。
烈日里的金花葵在我手腕的墨色里
反射着这个盛夏。

2022 年 7 月 3 日，周日

飞　翔

我整颗心一直在摇晃
他们也在同一地平线奔跑和摇晃
幼小的风靠近地面
大地把它揽进怀抱

门开了，月光透出来
群峰都在里面沉默
也许他们和疲倦的麦子
在一起

沉睡的孩子醒了
飞鸟惊走了
天空也走了
桌上的食物凉了
他和她也如同熄灭的火焰
空无一人的房间是多么寂静
在兰花叶子的阴影里
沉睡到天亮

天亮走了
南边也走了
一枚刀形币

切断了南宋和我埋藏的联系

用椭圆形的语言表达
交替飞翔的太阳
黑夜的时间一缩再缩
黎明的门打开又关上

漩涡，又是漩涡
降临大地的神
从黑暗的抽屉走出来
草籽在雪地中长出光亮
越长越高
他们离大地越远
风就刮得越烈
天空一下子静了下来，人们开始骚动

2023 年 4 月 14 日，从温返程路上

夏日之后现代主义

孤悬的护栏有龟裂的旁白
风不足以压制火焰中的飞蛾
大自然的岛池，须有
少许的人工美
奔跑，滑翔的一帧肖像
爬行是在抵御塌陷夏日
不便单独表现自己
可否去察看一群翅膀和叶子
他们像神的样子
关于他们
你也不要轻易尝试理解
眼睛的等待总有一些伪装在眼角

我用将近二十分钟时间
奔驰。在这座城市的桥上
来车在发胀的身体中穿过
炎热。等待就是如此
它离角落更远了，随时就将
抛弃我刚举起的画笔
我吐出的语句也随之瓦解

我错过一阵凉风

风不起作用。它已被弯曲成
灰黑色。我无法保证能真诚地待你
我看见进口处填满的绿色铅笔
树干正发出声音
宁静的夏日，重重坠地
蝉鸣，一个漫长游戏的结局
单调让再次醒来成为可能
即使在被释放了的八月天空
即使在我们知之甚少的八月

我更不愿似花盆，永远待在一个地方
躯干刻满各种线条和符号
我宁可让燕子的影子贴地
在巨大的终结声里冲往云霄
而不是提升我作为幸运者的爱

离刚锯断的巨大枯枝不远
他刚从觅食的早晨归来
我看见他失望的毛发和孤独
我这就回去取我给他的希望
就像我刚把一枚从地上捡到的太阳
使劲按在木栏杆上
这样就能每天看到手绘的日出

我不想这样就与刚连接的童年断离
他不是水泥与泥土，细小的沙砾
他们从疼痛的史书

从古罗马斗兽场愤怒的石槽上，瞪大眼睛
他们是街头巨大的等待吮吸的立体时针
一个缀满常春藤补丁的街头书屋
我把手中的一瓶矿泉水捏得滚烫滚烫

是的，在深沉的热浪面前
我一会儿踩上发白的沙漠
一会儿弹入不能避之的湖中
一会儿又飞抵炎热的沼泽
在各种虫鸣和吼叫声里
在一只独眼龙里
就像一段被硬塞进结尾，废黜的乐章

我一直不是岁月的主人
是焦灼的太阳
奔跑进我的身体
奇异地让它
不断发出有节奏的声音
我像鉴赏家一样
在一片巨大绿色的画里
看见藏着的那片狭小水面
闪耀墨绿色沉郁的光
那是仅属于我的私密指甲

走到底就是栏杆
穿出就是铁丝们新的开始
即使你不愿飞走

我也要在一棵树上，探出黑绿的枝条
披上一件嘎嘎作响的丛林旧衣
当不习惯触摸的门被关上
忽略的新叶会重新飘落
短暂的爱将卸下它思想的部分枷锁

2022 年 8 月 14 日，周日，于杭州玉皇山南麓

思考的头颅

习惯黎明与黑暗思考的头颅
几乎在
胜利的风与黑暗的霜花之间
勃发前行

他在
无数个山头的露水宿营

他把
脱离躯干的部分用手高高擎起

镜子此刻
就是存放在手提包里
一个多余的
蒙面肖像

春天的锅燃起
热腾腾的幻想
又一个巨大的辉煌
神一般地降临

宽大的衣袍被施展的薄雾所笼罩

水珠正沿着窗户的大道
奔驰

飞鸟扑扇着翅膀
沿我的指尖使劲栖上我的毛孔

果实在蜕变。树叶在绽放
它们齐齐越过秋分
——那座坚挺无比的桥梁

闪着成熟的光泽
但我看来却是
水盆朽蚀的倒影

夕阳发出水龙头哗变的声音

夜是深处
即将熄灭的烛火
疲惫的烟灰正将自己抖落

我一直怀疑
夜里出逃的都是
月光
那摇曳的一大片
低头不语

2022 年 9 月 23 日午间

阳光在它的世界旧了

一株植物之所以会疲倦
是因为阳光
在它的世界旧了

而花的接续需要不同的风
吹出热忱
否则还是消失吧

说话的眼睛
是证实你比另外的叶子
更像叶子
雨后举着一柄小伞的蘑菇
小也是大的

平静的热爱总是琢磨成
一个梦

夜晚的雨雾
——你的一个同行者
无比光洁的额头
被月亮空挂了一晚

灯光的地底下
海啸提前到达
那蓝底白点的流苏
那大地紧握的时光
那中断的暗流
平静如初

当你用深井的眼神
歌颂春天，留恋那莫名的微笑
请不要再问有什么不同
也别去采已摘下的花

当日子不再举足轻重
你于斜坡的行走
攀爬和下滑
都是候鸟的一种自白

岁月的额头灰白
夜晚的灯笼就像花朵一样
需要修葺了
你若隐若现
送来的白玫瑰已然降尘

昂贵的白玫瑰啊
一张月亮半遮的脸

一个来到我面前又瞬间跳开的人

是那顶
我以前见过的草帽
现在掉了
它还在，继续飘

那些精美的礼物啊
今年，看上去有些华丽
却是冰冷
就像这冬天
没有下过一场畅快的雪
我是无法对着火炉歌唱的

2023 年 1 月 17 日午间

枝条在那里止步

想到秋天的果实，树木的冠顶
花朵一次又一次伸长脖子
早晨，寒冷的露珠结胎
等待的灵魂遭流放，你专注于号角的声音

那朦胧的光亮是从我影子掠过的
你或许成为他肩膀的驯鹿
布满树枝，晶莹的雪
那是一张充满诱惑的皮毛

我们猜疑：
古朴自然的锤子
曾在荒芜边缘，敲击岩石的纹路
如今以绿的翡翠、红色微醺的高脚杯
度过片刻的紧张与兴奋
次序的包围，筑就夜的门扉
我分离成碎片

我倾听着尽头
果子落地的细微声音
所冒犯的都在改变
爱的节奏无法归于寂静

我似乎也忘记了
无法给予树的榜样和庇护
我的枝条
刚好在那里止步

不可能如此
让你接近一个神

无法冒昧地为
你建起一座帝国：果园
多么沉重而炽烈的欲望啊

安睡在宁静的果园之中
夜色嗡嗡的采蜜声
还有比这更合理的痛吗？

确实不是辉煌。或许从来就没有过
你说过的那句话
一直被我轻轻放过
蔓延在空气里宁静的本能
作为思想，被我无限推高

相见是晃荡的钟摆
分离才是那崇高的最后一瞥
多少虚无，做出了妥协
还有多少花期竟归属我们

在巨大影子的羽翼下
我努力倾身
保持甜美，唐突的均衡

2023 年 2 月 21 日

叫唤的鸟鸣

太阳覆盖了屋顶
很快就要在天湖
撒网
而我将会沿
距你一个指头的距离
顺流而下

清晨的水管一直咆哮着
从夜的束缚中醒来
鱼儿张合着嘴
它们会游向太阳深处
或者卡顿在迷茫的星途

最近，地球的许多界桩
频繁地拔来拔去
太阳和星星相互辉映
继续照耀芬芳的大地
它们或许都戴有一副体面的面具

风，继续在低处摇动
它的果实和草甸
其实不大

也算不上辽阔

有人在叙说完美
与自由的定义
就像定义一个迷宫
未来的门
不知何处开启
火焰容易浸湿也容易失控

跋涉于
通往山顶的小道
那黑暗中延迟亮起的光
将庇佑走夜路的人

在一个算有太阳的下午
在大口大口地吞咽下
西湖微冷的风后
我像一副松开的鞋带
倚在那里
我那放松而又警惕的手
尽量不投下任何阴影

黑夜与白天是你头顶
的两个漩涡
它生命纯净至善的触点
将透过舌尖
作隐约而含混的表达

我知道，举手和举鲜花一样
可以在默许的黑土地犁开
两道深深的印痕
那是我秋天的一只饭碗

鸟鸣终于响了
而且接连不断
其实，它一直在努力叫唤
它的婉转，一直被你忽略了

2022 年 10 月 19 日晨

节　气

落叶在感知
地气缓慢而坚实地压过来
白天的太阳要坠落成夜晚的月亮
夜晚的月亮要分裂成漫天的星光

落叶在感知
吹拂在脸上的风
足以摧毁最后一丝叶子的牵挂
我看到了生命的坠地
也看见了优雅的断离
它们或许会在雾凇里成为永恒
它们或许会挂在墙上
让壁炉的火焰向天燃烧

落叶在感知
天上云朵的变化
它能预言生命的长短
它能收纳满地的阳光
它会让你暂时成为
那个最朦胧最富有诗意的上午

落叶在感知

关于凋零与归宿
关于超度与重生
关于静止与出发
关于众生与万物
关于雪和雨水
——谁更长寿

2022 年 10 月 29 日，周六

时光站台

你抬起的手
离码头很远
还有时间去　画
那些平日
很难画下来的　画
譬如：初夏飘来

雨，在布满灰尘的
天窗里　下
灰色的天空，灰色的花
叶子金黄
雨落在上面
一道小小的泄洪
被尘埃连接

你欲言又止
没有　果实
也找不到
点亮黄昏的　火柴

水鸟回落于手心
又冲向天空

它们在枝头突然坠落
森林密布的河岸
用嘴唇和爪
精心刻下了鱼的　花纹

不安分，水雾
在傍晚
上溯或下滑
鸟鸣是熟识的
它经常闭上　眼睛
不回答落叶和羽毛
任何提问

雨，一直这样
接连不断地　出发
在鹅卵石铺成的街巷
在泥土的芬芳中
平静穿行

雨，一直这么下
几百年上千年
时光
有的离去很久
有的还没出发

我知道
对于灵魂来说

这都不算晚
只是灯光　退潮
雨　停止年轻
梦　不再蜂拥而出

2023 年 6 月 23 日

假　期

这是一间很小的屋子
绿植种在书里
风吹来
叶子上下摆动

窗外的桂香
今年会
走出很远
很远

月亮也是

只是
隔江照人

2023 年 10 月 1 日

前方的路

上午稍显沉闷
几乎都朝一个方向
是车的沙沙声
我相信
路边的树叶也听见这些
不断磨平
旷日持久发出的声音

前方的路，像是一支
泛着银光又无限伸展
的宝剑
它的剑锋不断带我
刺向那些已经消失了
不再痛的地方

那是一个冬天
小院的雪第一次没过脚踝
湖滨路的报栏
有个少年
临摹的雪花
迎窗开了

那年地震了

还是冬天
一个毫无准备的
还没读懂光明含义
的青年
像一粒碎裂的衣扣
整夜游荡
黑夜仿佛瞎了一般
后来
那样的瞎
又重复了一次
其实，每一次的瞎
都是一颗被命运击中的烟头

当然，也有夏天
那是一种盛放了
七月，大地吉祥的神
蓬勃的生命
如击打在静谧水面
飞溅的晶莹

七月的庄稼
不断上蹿
沉甸甸的麦穗
不断拔节
是沐浴了光的恩惠

七月，那是
我出生时
母亲馈赠的山川和大海

仰起头
时光，寂静无声
路的沙沙声
记录了我在低处
说过的每一句话
做过的每一件事
在我停止走动
大地之前
风得吹白我青春的头发

没有人告诉我
春夏秋冬
那是怎样短暂的爱
近乎是遗忘
那些被碾碎的
不能复原的灵魂
是如何哭泣

太阳会在天更亮的时候
升起
路的尽头不一定有火焰
没有宏阔

我也一直往前走
没有你的光亮
我也会在微风里
呈现细雨的美好

2023 年 6 月 17 日，宁波回杭路上

长大以后

——致母亲俞月珍

长大以后
从来没能给您唱一首歌
只有您的歌声一直萦绕着我

从我牙牙学语，到我长大成人
长大以后
从来没能给您一个拥抱
因为已经习惯在您怀里温暖栖息

长大以后
从来没能给您一个亲吻
因为已经习惯了记忆中您俯身的长吻

长大以后
虽然您不再给我唱歌
但您的眼里永远都透着爱的童谣

长大以后
虽然您较少拥抱我了
但您把拥抱全藏进了满脸笑弯的眼眸

时间流逝
你轻盈的步履变得蹒跚
您满头的青丝添了雪痕
直至让岁月的漫天大雪遮蔽

妈妈，妈妈
让我来唱支歌吧，我唱给您听
我会尽量唱得像您当年那样悦耳

妈妈，妈妈
我要热烈地拥抱和亲吻您
因为您的孩子已经长大
他能为您遮风挡雨了

妈妈，妈妈
不管怎样
我的歌声再美，总不如您柔美
我的拥抱再紧，也不如您深情
我的亲吻再热，一定不如您炽烈

因为我知道，在这个世界
没有人比您更爱我

2023 年 4 月 11 日

你的离开

终于响起了脚步声
一天如此漫长
黑夜变成了白昼
就是不见太阳

你一次又一次走到我的跟前
仿佛从来没有告别
你拿出那朵隐藏的乌云
你用鲜花交换过的乌云
我想那朵乌云下，有一双失神的眼睛
当一颗棋子被提前布局
当欲念弥散成璀璨的霞光

脚步声慢慢走近
不知道是早晨还是黄昏
那朝你走近的声音
便是黑暗在寻找光明时
丢掉的翅膀

你对黑暗伸出的手
仿佛那是一种重生
不是火的涅槃

你仿佛听见了自己的脚步声响起
你从没有跟一只酒杯如此靠近
你看见一个比一个更大的光环
你从来没有真实地见过曲终人散的悲凉
一天两天三天
黑暗中煎熬
太阳全都是离你最近最傻的黑暗

2023 年 11 月 14 日

夜，致敬的方式

鸟从树上跳来跳去
四周漆黑一片
月光倒伏
地面的影子
攥在我手里

光连接
身体的一小部分
像白天翻开的书
有一个更远的外面
在等待
没有微笑
就等于没有了宽恕
就像被爱情射杀的
月亮

外面
漆黑无声
隔壁隐隐的
乐声
秋水滑过夜的光亮
正在诞生

替代
那阵回不去的风
替代
遥远的你
和被时光折叠的肉身

被黑夜淹没的花
静静的世界
你活生生的一切
被剥掉表皮

2023 年 10 月 24 日子夜

第二辑　空山之深

大地之光

我多么希望灯光亮起来
暖色的。草原上
食物散发着诱人的香气

我们坐着
奶牛从身边经过
大地很低，但草原是饱满的

风很均匀
色彩也还斑斓
我们等着，不用对视
就十分美好

有光，不用照亮
是我们，就十分美好

灯光，从黑暗中出发
我们把歌声给她
我们等待
她再次从身边经过
我们要在透明的光里
浸没一生

光是柔和的，有时尖锐
然而，她有世界
有一份清醒，有一份挚爱
有一份面包和牛奶

我们爱灯光
我们坐着
被食物的香气簇拥
草地，风也停了
我们静静的
就十分美好

草原的云
不再飞走了
它只用光，照耀了大地

2023 年 7 月 5 日，赴京飞机上

地一样低

把地当作床
和地一样低
直到草尖没过噙满
泪水的眼睛

时间
关上门
锁进笼子
门是走动的道具
从这里
进入日子
成为光
或消失遁地

水的影子干涸透绿
那是饥饿的
等待
在无声哭泣

盛夏是很多触角
它携带的吸盘里
我找到在雨中坠滑的自己

无物的空间
更多的我
以尘土的模样被缝制
或像一个被厌倦的文本
随时不被需要

2022 年 7 月 29 日午间

湘湖边

水向岸亲近
重复清晨说过的那些话

绿芽和枯叶挨在一起
未来的月份，她将回忆
这些不连贯的事物

天空有轰鸣的鸟
恰好，湖面的船，背影已消失

光没有失眠
所有的植物都向它转过身来

到达草的呼吸
廉价的声音相互混扰
是他们改变了时间

从山顶往下的飞翔
一棵树是看不见的

2023 年正月初六于杭州湘湖边

无　休

草在暗处打起死结
额头，伸手不见五指

左侧有光从旷野的石缝漏出
风微微出汗

地表关闭了毛孔
桥不再告白，花不再呐喊
从黑到白
门一直未开

众多的降落伞
落在唇边
无休的蘑菇
戳开一个个幻影

2022 年 5 月 8 日，外出途中

江洋畈

从一座湖底迁徙到
另一个凹陷山谷的深处。
就像一个人清空从前的记忆，
重新开始陌生的爱。

最爱的是空旷，
空旷到可以容纳
阳光在山峦全部的倒影。
容纳，风尖上
荻花发出的太阳哨音。

时间把阳光推向树林的深处。
是我要留下这些光
和这些光的脚印。
我要它们成为风
成为生命泥泞道路，
一条永不消失的经络。

这里有很多植物，
水生的，草本的。
有主心骨的叫乔木。
没有的便是灌木。

二月兰、波斯菊和凤眼莲。
都无法在对方的领地存活
无法全部没入水中
成为水生族。

从这里乘风
飞扬是一场必然的旅行。
他们要去更远处繁衍，
构筑新的开始和城堡。
当翅膀振动一千次
我就能快速上升、盘旋
改变毕生飞行的方向。

2021 年 12 月 4 日

翡翠湖

一个名字
刻在山道的指路牌上
其实
它早已变成遗迹
就像扔在地上
那些废弃不用的口号

很多人猜想
这是一块大海深处
闪闪发光的石头
那宝石般的蓝天
黑色的鱼
梦幻般的身体
如絮的云朵似羔羊

它就在一座巍峨楼阁的
不远处
它们一定事先
在纸上拥抱过
甚至繁衍过
它们在文溪的边缘
用海螺山的天空

共同绘制一道青蓝的光亮

现在重要的是
从容不迫的叶子
听松的风
橘黄灯光里沉思的小鹿
和那些提前入夏
萤火虫的喜悦

也可以就地
就着光
捡起一首少年陆游的诗
让今夜的山道
“玫瑰花开”

不要再去探究
藏在门前竹丛
那个名字的意义
它的秘密就在
林中飞出的那只鸟
它的嘴上衔着一片叶子
上面写着三个字
翡翠湖

2022 年 5 月 16 日，金华磐安

海螺山

昨晚，刮了一夜的风告诉我
要沉默，要沉默，直至缩回原点

在这座山上
我不准备留下任何痕迹
我把所有一切都放进行囊

山上，有我俯视的人间
有我没见过的日出
有我没听过
追风的歌词

沉默，再沉默
他不是这里唯一
没有见过大海的山

2023 年 5 月 17 日

遇　见

倒退进花朵
无非是换了一个美丽的
代名词

涟漪在城池边扩容
呼喊声，无力而焦灼
半数闪烁的杨柳准备迁徙

魂魄站不起身
坠入河中

没有回响
对话
在上苍
那里，即是
罪恶与寂寥

2022 年 2 月 20 日

空山之深

空山
山是空的
草木一念生死

鼻孔上的
烟囱醒了
许多未醒
在透明的
它，失语后

浓荫
于深处
发出啼声
有的清脆，有的嘶哑
这些螳螂声
刀锋存档的影子

草丛。斑斓
一个声音
它飘浮于——
山的本体
之外

那无法
显现的幸福

在这个
高大疏朗的
冬季

2022 年冬

思李白

我刚从敬亭山
知道岩壁有你
豪放高歌的孤独
不为人知

看云，看鹰
孤独无法入仕
唯有蹲坐山巅
相看相依，两不生厌

原以为轻舟是你
过万重山的快意
岂是流放夜郎的痛楚归返

满腹经纶抱负
总随滚滚江流飞泻
那盛唐的长安终究放不下
你醉召不入的酒盅
高力士的靴子
终将你一脚踢出宫门

唯有银河下的飞瀑

自由自在
唯有梦境中的天姥山
可以看见海上
升起的太阳
半空天鸡的报晓
骑一匹青崖白鹿
再展笑颜
访遍千山万水

你就只做谪仙吧
你适合把酒诗欢

你胸中的宏图
只在身后实现
无论是碎叶的迁徙
还是你难上青天的蜀道
无论是江中捉月
还是骑鲸飞升
面对墓碑
已起的风波不逊帝王

你只需高昂起头颅
仰望天空
你只需胡须朝下
挺胸站立
你高举的酒杯已成为
民族的一支夜光杯

你的剑气萦绕
你衣袂飘飘

桃花潭
你展开的长长诗翼
一直照亮你的汪伦和我们
孤寂的身后

你当涂的窗台
到处都洒满
如霜似水的思念

三月烟花
在船帆间的起落
耀眼夺目

2022 年 9 月 2 日

目的地

远方是群山
近处是几株野花的沉睡
风正拐过弯
进入
一只陌生的衣袖

一边是海
一边是山
火焰的轮回在山道盘旋
通往彼岸
海，也是彼岸

禁行标记被废弃
岩壁只剩下窗户
风不能穿透它

延展的山坡
半遮脸
等待
你虚无的转身
你溢出的欲望轮廓

前方
是蓝色的路标终点
铃声在静默中鸣响
是谁
用巨大的掌心
把你
从饥饿的风中截停

2023 年 5 月 15 日

入山记

人声离我很远
一根红绳系在树上
遁入空门

虫鸣离我很近
风在屋檐下
太阳从竹林
照亮它的阴暗

石阶沉默
梵音若有若无
厅堂间
星宿下凡
焚香
看不清面目

风在高处
我在低处
我的身后
是了无羁绊的声音

石树和铜兽被缠上红绳

我不知道他们的呼吸
是否畅快
那些柴火灶里的祈求
是否到过云霄

一幅破残的画
依旧完整
芦荻用故事
在地上写下
诗和文字

寂静之中
欧阳修的声音在靠近
它来自蓝色湖面

2023 年 8 月 11 日

天竺寻访*

1

大年初三，我沿着小溪寻找一处山坡，
那个我幼年离开时在竹林跌倒的三月惊蛰。
一辆停在路边的车，阻碍视线，独占了潺潺水流里老屋的一角残影。
那一闪一闪亮着的灯，是否正是屋后山崖走失的清冽泉眼。
熟悉的水流声，石头却全然绽放陌生的花，光滑且没有牵挂。

2

我沿着小溪寻找。
老屋门前，那条道路已是此路非彼路。我仿佛看见，旧时光里箭鱼般飞驰下来的自行车，被外公用一支长长的青竹竿狠狠钓起。
每当夕阳西下，仁慈的外公就化身驻守剑阁的勇夫，守护着一畦牙牙学语刚露尖尖的笋芽。

---

* 天竺：指杭州天竺。自灵隐寺山门向南直上，在白云峰北者，为上天竺寺。在稽留峰北者，为中天竺寺。在飞来峰之麓，为下天竺寺。三天竺寺皆以供奉观世音菩萨为本，历史上为杭州佛国，天竺三寺香火极盛。原本有一条路可从上天竺、中天竺一直走到下天竺及灵隐寺。2002 年，杭州实施“西湖西进工程”，道路被重新调整规划，部分居民、农户被搬迁。

3

我看见，细雨穿过窄窄的小石桥，去对面的泥屋里，和一个黄头发的小女孩玩耍。在木板床上，我是朦胧雾气里一只高高蹦起的小蚱蜢。在溪水们泛起的白光里，在酢浆草的酬绿里。

4

溪水边。一只小小的白瓷碗，把小虾小蟹先后舀入我惊喜的瞳仁。

把浅浅的溪水，亮晶晶倒映的云朵，圆圆的鹅卵石，歪斜的溪沟树和山坡上的麻栗果，都慢慢舀进我孩童的脑海。

5

我在水声里，寻找幼时失落的一枚铜钱。

在溪水流经的山里，踩着喑哑的石阶寻找外公最后离去的气息。

外婆曾告诉我，沿着溪水走，弥散在最抵近处山崖的炊烟就是家了。

6

如今，我沿着的溪水已多次改道。

看着那些精致而又陌生的台阶，我知道，我已闻不到老屋的泥土味了。

我越走，故土离我越远。

那改道的溪水，纵然身姿再婀娜，声音再悦耳，却再也流淌不进我最初的浅浅的心底了。

2022 年 2 月 4 日，虎年正月初三

不稳定的山体

巨大不稳定的山体
上个世纪他就来过。
雪峰。湖畔。倒影中的美丽盘山小道。
贴地飞行，
轰鸣伸出饥饿的触角。
你就是他盘中的食物，
他的后面是湛蓝的湖水。
他在临水的地方停止脚步。

她在维修破碎的管子。
她看起来疲惫。
这丝毫不妨碍她美的轮廓。
她需要他关注那山，比西服、领带和发型还要更加关注。

他的裂痕随时可以扩大。
盖朗厄尔山体掀起的海浪，会卷走很多生灵。
是谁在观察你纤毫般的移动，
你的生命是一声长叹。
水快速流逝。
切换的镜头无法跟踪，作为石头
在那里已待了上千年。
这一切与你无关了。在扔进垃圾桶的一瞬间，你看到了水激起的波澜。
轰鸣的音乐从你的双耳，忽然停顿。

必须作出更好的决定。
像蚂蚁一样搬家，在到处是石头的时候
云雾笼罩的石头已发出低沉的声音。
复活的死亡开始。在一艘双桅船驶近的时候。

岩石开始滴下褐色的水。
冥想一阵接着一阵
她在向源头出发，用最原始欢迎的姿态。

板块，你就是一个板块。
你取代的岩层将剪切边界
坠落以前裂缝将无限扩大并无法预知。

一只鸟，从翠绿的峡谷向前飞
它悬在湛蓝的水晶上面
它的风刮过悬崖留下的纸条，
它从巨大的黑色的裂缝上空驶过。

停泊在山的天体，是一座白房子的屋顶
一条黑色的绳索通往深渊
他们同时下滑
像黑色的水滴。
他们的影子在另一端出现
他们试图取出山体的内脏
巨大的海浪即将袭来。

一个破碎边缘的通知。告知这些门随时将扭曲
这是没有搭上船的不好预感
即将和老房子作一告别。我们将带着自己的一半离开
我们将露宿在有雪峰的山下。

坐在一个带有夕阳余晖的窗口前面
四周是黑的，未知的海啸潜伏在深处。
夜的影子越来越大
那道蓝光再次来到峡谷。岩石在收缩。
破碎如羽毛，纷纷落下
大批的鸟在空中盘旋尖叫。

他们不是扩张，而是聚合在一起。
需要返回，就像蝙蝠一样在扭曲的山谷，在一条不稳定波纹线响起警报的时候
大片的白云从山顶坠落下来。
巨大的波浪升腾去迎合他们，他们此起彼伏
此刻，驾一道光亮的小舟飞驰
所有的夜鸟都被惊醒，他们将往重生的地方。

汹涌的海浪，正赶往黑暗的峡谷
必须奔跑，必须上升，必须在黑暗到达之前，来到山顶
披着白发的幽灵。已从黑暗的峡谷出发，龇牙咧嘴
他们像巨型蝙蝠的翅膀。倾覆于冰冷海水。

他们在最后的铃声中冲出地面
白色的海浪已飞扑过来。天地一片混沌

从酒店出发的车，没有到达斜坡，没有爬升到遥远的星光那头
雾的灯光里。你对海的瀑布拉下了制动闸。

你在黑暗中寻找出路。你于是去堵塞海的漏洞。
灯光已变成火堆。废墟的脚下是停止的呼唤
是花在黑暗中的枯萎。
当狂乱的迷离平复下来。死亡的火焰已坠入水底。

如果没有这些火，又咋能点燃黑夜
咋能让黑暗冰冷的水退却。
你已经接近他们了。用光，用血，用接近水面的死寂。

搬开这些挡住光的石头
你从水中站立起来
你在不断涌入的波涛里
深呼一口气。在沉默的船的边缘
用力站起。

他们不断地从你的胸膛奔向等待，那是黎明
直到最后的海水喷涌而出
他们拥抱在一起的黑夜，
被大鸟带来的风驱散
他们的勇敢，他们人性的光辉
都停留在黑暗的冷月
它们闪烁，不停地往上移动。

2023 年 1 月 20 日，小年夜

悬崖下的波涛

把脚伸入悬崖下的波涛
洗涤淤塞耳朵的眼睛
铁锁链的一朵恶之花
开在了，这个春天露头的时候
躯干离头颅越来越远，就像风中的蒲公英
除非重新发芽找到新的土壤和水流

把脚伸入悬崖下的波涛
我用一只苹果的手
摘下了剑桥那棵著名树上镶嵌的眼睛
那年，我穿一件白色的衬衣
一直皱巴巴到了现在
无数的手御风而行，编织着闪耀的金线和银丝

把脚伸入悬崖下的波涛
飞鸟绝迹。崖壁挂满泪珠
一个即将死去嘴唇的声音蠕动。孤单走向
另一个暗流涌动的
夜间，老去的已是满天星繁

把脚伸入悬崖下的波涛
丢失的额头里，不再是通衢大道

不再有热量传递到遥远的江城
只有雪白的雕像在碧蓝的波涛里
向脚下踩踏的海豚，向海的自由出发
一柄金色鱼叉的背后是静候鉴赏的风光

把脚伸入悬崖下的波涛
更低的深处浮出水面
风中打转的邮戳，早在翌年断线
早与我阻灭
奄奄一息的炉火

把脚伸入悬崖下的波涛
是为了拯救一个结垢的生命
黑夜不敢还原的自白
无处躲藏
比如阴阳两隔

把脚伸入悬崖下的波涛
打开门，更多的事物会涌入
寂静的潭水。冷却
与花擦肩而过

把脚伸入悬崖下的波涛
覆盖住，吞噬过各种食物的躯体
一团幽火，在关节间燃烧
上面的冰霜能不能融化
忧郁的一马平川

把脚伸入悬崖下的波涛
所有的沉默都在引诱复活
忘了他们吧
安静此时就像一块亚光的黑屏

2022 年 2 月 19 日

叶子在晃动

叶子在晃动
那不是来自峡谷安静的
风，吹在
滚烫的身子
滚烫的皮肤
滚烫的血液
连玻璃也是滚烫着的
窗户由此
露出
略显紧张的微笑

叶子在晃动
清晰可见的喉结
慢慢滑向深秋
天，渐渐凉了
为什么答案
都要心想事成
为什么所有的情书
一定要送抵一个人的手中
比如去努力

爱一个
走路摇晃的人

2022年10月18日

杂　记

1

河水微涨
轻易淹没了一条
多年的老路

2

河边的树
漂浮物如布袋莲
缠绕
经停的野鸟

3

沙土上
爬行的小螃蟹
正赶往彷徨的路

4

枝条里长着的指南针

也赶回了家

5

一棵树在合拢
切成两半的星星

6

掬起月光
定妆在梳妆台
里面是无垠的
流星
救赎在天空划过

7

发黄的书页
在无果的颁顶
悬停片刻

8

她们的眼睛
是出门
睡在一起
很亮的光

黯淡了
她们也消失了

9

外面疑是铁锨的挥动
铲雪的声音
下雪，还早呢

10

脆弱的叶子掉落了
它看见
原野伸向天空的手

11

应该过平静的生活
云雀不知道
狩猎的灯光
何时熄灭

12

起床听见
穿林的风在唱
魔咒为诞生

荒凉

眼泪

把河面的镜子打碎了

2022 年 10 月 29 日

江，只是一个方向

江，只是一个方向
它离我一丈距离
相对江底，它是温和的
花蕊开放也一样

也是江岸的山坡
黛色的山，白色的雪
这些仅仅是铺垫，是衬托
就像一首萦绕耳边多年的歌

雪没有继续下大
歌声渐渐远去

皮质的树叶在黑色边缘
侵入水中
我无意让它成为
春天里桀骜不驯
黑色的广玉兰

它瘦削光润的外表
奔腾着的一群灰兔
它们在山坡嬉戏

清冽的水
无声落下
未曾看见

这是站台。需要穿越身体的站台
那上面有未知的车轮隆隆驶过
但一定没有天上厚重的
云絮堆积

那天
注定是化为冰霜
或是几片六角形洁白的林中飞雪

风，往江的方向吹
江，只是一个愿望
就像秋天必定落下果实
你只是去找寻
或者只在等待
继续找寻它们下落的职责

被无数次阳光或黑暗
触碰，这些画面
向日葵，硕大饱满的圆盘
白得发亮的，凹陷的山地雪坡
升腾的蒸汽不属于
它们
铁灰色。倒斜的钢塔

和铁灰色一般的天空
白色是被动的错觉
时间来不及折返了

江，黑暗中的蜿蜒
这不是一种飞翔
高楼闪烁的霓虹灯
夜的羁绊
没有辨识度
树叶不设防地
停歇下来。灯光也是

风，也停歇下来
江，就静止在左边

夜，终于遂愿
翻过。夜的山头
郁郁葱葱。水滚滚而下

江上有白光
禁锢了多年的江面
于子夜破防

2023 年正月初四午时铁路边

朝　海

很久没有朝海的方向
走了
他像黑色岩石
坐着
凝望
更黑　　　　海的深处

陌生人的白色鞋尖
令他想起
同样
裸体的脚尖　掐架
接吻候鸟　被淹没的喘息

空气来自潮湿的大海
沙尘暴被层层纱布包裹
有人即将成为鸽子
有人在流血

耳朵不听使唤
牛在黑白之间
开思想者　繁星一样的花

一堆灰里扒出盲人
梦幻开口说话
害怕，控制不住
伸入旁人的水涧

默念他的名字
至少用三种图案
图案　有时比语言
更像真相　更冷漠

我，举起一杯甜酒
向他
向越来越近的
陆地　向大海
致敬

2023 年 4 月 13 日，于赴温高铁上

石　头

雪在
没有飘远的时候
都是寒意
我光着脚
我，没有看见彼岸

终究不是上帝
你高傲的慈悲
并不在乎
众生小小的哀伤

两片不同的叶子
即使风吹过
它们的摇摆
也未必就是真相

风刮得很低
已低到路上的沙砾
也试图筑起掩体

没有人再来
俯看霜冻和

不能说出口的肿痛

窃喜
你的虚幻
你的不朽

继续做
沉睡的石头
就睡在你指定的
泥土里

等
一场倾盆大雨
很多石头的孩子
一起出来
宛若新生

等洪水过后
死亡的蚂蚁复活

2022 年 12 月 29 日

白蝴蝶

向着另外一个国度出发
白蝴蝶在我周遭纷飞

她们飞抵
蓝荧荧的水面
没有波涛汹涌
这里是我虚度光阴的
最好时光

谈论蝴蝶
野外归来的翅膀
沙沙作响
那种勇毅
不曾在苍茫的露水间遗忘

我看见一只蚂蚁
趴在我的桌子上
像在等待
飞过的白蝴蝶
卸下锁链
安静的灵魂
不用长大

黑色眼睛
在青草的深幽处
看见
人的诞生和死去
与我们一样
喜悦和忧伤
很久才呼吸一次

2023 年 5 月 29 日修改于赴广州飞机上

演　戏

你不是一个人
你是一棵旷野的树
无需根须和土壤
群山是你的天空
光线是演绎死亡的界碑
你的舞台
布满了下凡的星宿

马车狂奔
一坨从手里脱落的
云彩
越过追风的悬崖
箭镞
紧随其后

睥睨
黄昏之天下
像鸟一样升空
午门的中轴线
上演
月光已照过千年

枯萎的蓓蕾不介入
人间
盛大的光芒
眼睛
是时光的计步工具
可以随时
接纳新的名词出现

你不需
隔着玻璃
走在我的前面
生死相依的潮水
将在谷底流尽

草木呻吟
或许不是演绎的本意
但你出演了
阵阵雷声
那巨大的雨滴
迟早在田垄和原野坠落

2023 年 5 月 18 日，东阳横店

真　实

叶子低矮
风刮过
犹如针刺一般
冷漠
这被忽略的
日常

低头点头
那看上去的
慈眉善目
因为
烛光里变幻着虚伪

茧房困住
耳朵
埋入土
再多雨水
也不能唤起新芽

昨天，没等
太阳出来
没等岩石的潮水

演变
我就将自己
遣返了

2022 年 11 月 21 日，午间

读书笔记

飞蛾扑向火
雪融化。微光苏醒
黑夜踉跄的
火焰。遍地都是

泥土地
肉身大门敞开。而缝隙
阴影散落
大片的草籽自行解体
黎明的几声鸟鸣
侥幸保存

麦香
大雪纷飞
没有寒意
乔木是一个高大的死亡信使
用烽火传递狼烟

饥饿把坚硬的岩石
陈设在花园
死亡投胎了
人间的得道高僧

在一堆古籍里起身
骸骨的行走
没有一丁点声音

乡间的野草
恭顺站立
鼓楼黑黢黢的墙根
春风和马蹄声
迷乱一地

白墙黑瓦
斜刺刺伸出的红梅
遮蔽了
灰色的花窗

巍峨的宫殿，风吹过
波涛起伏
无从选择的岔路
用鱼竿
祈祷河水的仁慈
任凭寒气逼近

踩过荒凉台阶
树枝折断的咔嚓声
作为隐血标本的巨大皇冠
一部分已荆棘丛生

浮尘中
灰褐的墙壁
苦难的经幡，刺啦啦地飞

飞蛾，用死亡证实
它隐匿的不朽
而瓢虫的完美
在于静静蛰伏

2023 年 1 月 7 日晚

一朵花

一朵花
相隔十几年
它是起风
那天开的

一朵花
间隔十几秒
它是夕阳下
谢的

一朵花
相处十几年
它是沙漠
埋葬的

一朵花
拿在手上
是谁的手指
掐落了它

2023 年 3 月 7 日

荷　花

天没亮之前
蜻蜓就停在荷叶上了
它昨晚
一定排了整夜的长队

你起早去湖边
一定是去看
荷花摇曳了
青色的、粉色的
这是今夏
最为极致的绽放

你有没有看见
淤泥
以大地的名义
供奉给了荷花

你有没有看见
莲藕
以母亲的名义
拔节了爱

你有没有看见
绯红的霞光
照亮了荷花
清濯的脸

你有没有看见
远处的眺望
除了心跳
连思念也躲进了荷叶

2003 年 7 月 2 日

柳枝垂下来

柳枝垂下来
大滴的水砸在
夜色漫过的水泥板上
咚咚作响

风也在响
只有夜是轻的
轻得在手上无法
停留

一头小兽从我身体的右侧
走过
满天星星是它的毛发
我知道
它远离中心
它的思想此刻就像
一片秋叶

湖面升起一朵朵
灰色的蘑菇云
水面流淌的灯火
总给窗户照亮

疏远的声音
像黑夜里的花束
莫名的冷清

那三角亭下茂盛的草
不见了
自由地衰败在晃动的泡沫里
很久没有续写的故事
就请你
不要再写了

夜，把万物涂成古铜色
混沌的声音
被放得很大很大
红灯和绿灯同时
伸长舌头
然后紧紧闭合

夜幕找寻的
都是被记忆擦伤的路
瓦罐里
灯光不需要你来说话

2023 年 8 月 16 日夜

也许是海

你没有睡去　但是
你面朝大海
去看另一个月亮

忘记一件事
就像忘记
夕阳落进了大海
而你已经融化
夜光杯沉没
声音不再永续

风　吹过松林
你　穿过波涛
鱼群的一次转身
就是涅槃
你的一次跳跃
天空就抬高了
几许

等不来时光
花就紧闭嘴唇
升上天空的

灯盏
容易抵达也容易幻灭

在海水
最美的分界线
跃出水面
为了照亮一生
你在梦里
说出了
灿烂的名字

太阳下山了
更多的人在倾听
潮水的梦幻

当没有人
在大海放飞
当一朵野花
没有了赞美
当大海
无法与你
匹配

当在月亮的门里
你以浪花模样
闪闪发光
而星星

将从你的脚下

游向

深夜的大海

不发出一丁点声音

2023 年 8 月 11 日

延边，我坐在你面前

清晨，我坐在你的面前
火红火红的金达莱
开在山坡上
这是在异乡
第一次遇见你

清晨，我坐在你的面前
高大笔直的鱼鳞松
在山谷集结
荒原解禁的百年
蓬勃雀跃
漫山遍野的风
和灿烂的星光
紧紧相拥

清晨，我坐在你的面前
吮吸着
浓郁的米酒香
烟集河从身边
缓缓淌过
水上市场敞开

它火热醉人的怀抱
让人们在这里
驻足和停泊

清晨，我坐在你的面前
古渤海国的烽火台
熊熊火焰已经熄灭
但苍翠的帽儿山
始终回荡着
古老神秘的击鼓声
庇护着
这座城市的
每一条河流
每一间房屋
每一粒山石

清晨，我坐在你的面前
通红通红的朝霞
离白云很近
那舒缓优雅的
长鼓舞乐
离我们很近
离幸福很近

在这里
我遇见了延边

遇见了金达莱

遇见

穿着美丽裙裾

七月流火的你

2023 年 7 月 28 日，吉林延吉

见　面

一棵黑白分明的树
站在看不见的地方
压低的声浪
是手放于大海与神灯之间
遥远的咒语
你寂寞的蒲公英垂下
苍白的光影
忧心忡忡地
悬停在诸多水系潮润的上空

他挖掘过江北和江南
麻雀已在地里啄出洞穴和种子
他灰色的手够不到月亮
缩进身体的鸟
便跌落黄昏
作最后的挣扎

他们之间隔了一层纸
他们和一棵青菜肩并肩
时光被迫重新飞抵
向临时筑就的猩红与狂躁
卑微请安

他在最后出场
意味着离开的时间逼近
再也无法将星辰拉伸
就像用无法破译的暗语
去示意即将离弃的山川

深夜的足音，孤单
一如废墟
时光的痛感接近失效

2022 年 4 月 18 日

讲　述

树桩在讲述化石进阶的神秘
众生的肋骨蜿蜒开出瘦骨嶙峋的花
当你成为众人的长生不死
大部分叶子已在地里腐烂

油画布涂抹桥梁和沟壑
吸音板溢出瀑布并反弹一些声浪
继续构筑一滴水的阻隔
污名开始预置青色的陷阱之下
埋伏的麻雀从自由上空坠落
地面很快就会合拢
鲜花和歌舞升平被大地收纳

不停的风，吹了一整夜
大大小小的花瓣
竖起了江山
让夜的风劈成了两半

2022 年 4 月 14 日

第三辑　夜的窗前

雨　天

车窗上盛开着无数小花
转瞬间它们就消失了
谁也不知道它们的去处
除了你
无人看见。

雨水从你
坍塌的两侧路过
木鱼轻叩失落的头颅
万籁之声
藏匿于落叶深处

前方是高楼，我却转过身子
仿佛是从废墟中逃离

如果这是晴天
我就去前方的车站等你
如果这是雨天
我就撑起一柄黑伞独自前行

走在凤起东路上
就像是走在你的无名指上

就像这雨花

飞溅

不需要任何理由

2023 年 4 月 4 日

致意佩伊 *

一定是清晨
带有阳光
远处窥望的草
多么自卑

那是一朵
提前开放的花
后面是冰冻的
不可宽恕的叶子

黑色的树
朝着天空
为橘色熔岩
寻找融化的石头
或者是一只蜜蜂

紫色
是悬浮枝头的
安慰剂
以天空为背景

---

* 佩伊：塞尔日·佩伊，法国著名诗人。

拉近距离
温柔以待

我们能在天空画线吗
哪边的白云会更多一点
如果他们分开
是为了繁殖吗

与其说是一朵花
更像一只鸟
当他凝固
月亮的水
哗哗地往下淌

终于看到风
为那些树鼓掌
狗尾巴草
涂上
金色光泽

他们是最后的意象
背后的黑
是秩序的空白

蓝色是一朵花
是飞过寂静的最深处

弯腰

用手指

触摸皮球

时间

把我们分开了

2022 年 7 月 26 日，清晨五点半

梦境之中

雾在慢慢消散
梦境正从我的指间出发
谁也看不见

巨大的带有树瘢的衣袍
透不出光亮
我双臂紧抱

一轮红日
停顿在紫色的发梢
这朵最后颜色的花
失去了朦胧
失去了弹性

继续与
遥远的海岸线
与漂移的地球错位
你的眼睛
慢慢离开人世

冷寒的金属
在失控的地壳凸起肌肉

洋流的群鲨
暗色里浮动。憧憬并不在桌面上

心脏在岩石有力搏动
他的每一记敲打
清晰可见的血管
都覆盖住雪峰

迎客松的高度一再降低
作为群山和天空的背景
你吟出了禅让的诗句

个体被大爱所淹没
我的衣橱已盛不下
你给予的宏光

铺满石条的小巷
渐渐失宠的铜牛
是我的失误
是曾经在它背上
所给予的丰盛回报

篱笆正有耐心地合围秋天
我的衣裳鼓起了
四面八方的来风

可以预见

嘹亮的歌声将替代我喉咙的沙哑
你将变成陌生人

更多的孔明灯要在清晨放飞
被融入蓝天
被融入鲜艳的血脉

林中，猫头鹰在对视里
被迫闭上蓝色的眼睛

他们正在相互改变
有的变得更加隽永
有的变得虚伪
以及再简单不过的愚蠢

2022 年 10 月 25 日晨

通　往

我通往你
是一整片天空
我不会停留
在一颗黄色海星上
很久

如果你看着我
就会数我的星星

如果我见着你
就会摘下你的花环

2023 年 7 月 5 日

风从四面八方来

风从四面八方，穿过竹林而来
阳光在我的外套上暗淡下去

而你
风中晃动的躯体
像失去血色
被风吹落草丛的梅子

站立，对于我来说
是一个虚无概念
就像一朵洁白的瓷花
曾经誓言
于熊熊的篝火之上
卷土重来

从不算遥远的地方
穿越到另一个房间
你突然醒了
用你的双手推我远去

我抽中那张纸牌
里面的人物复活了

那通红的心脏
一直在云朵微蓝的边缘游走

我绊倒在密林里
水的波纹
他就是太阳
在你身体的下方
光芒穿过了他并不坚硬的骨骼

我决定，趁你睡眠停止时离去
离开田野和隧道
我将在夜色中生活
而你将重新找到火
在某个角落隐匿的

我的车轮完全被风驾驭
它们将穿过蓝色的湖水
沿着星光，越走越远

风继续在吹，我的影子站立起来
从你高仰的头，紧闭的双唇间

2023 年 5 月 1 日

不确定的

我不确定。你是否隐藏着光
或是只让影子穿过百叶窗

在对面玻璃的反射光
雪一般静静滞留

我想起
一朵云的身后
是蔚蓝
多变的世界
花在风中
可以摇曳很久
也可以被风
吹得
无影　无踪

你的左侧
是暗恋的方位
从早晨开始
不用点燃炉火
也无需等
背影的折返

迫不及待地
披衣出门
用力致意告别

我们一定是在交换
无法拼读的辅音
就像我停留在
斑马线的元音上
没有振动
时间只能空载而过

鸟，黑色的翅膀
在上空扇动
接近午时的太阳
没有直射
它们虚无的
黑色发丝
记忆只是
黑夜下岗的汹涌潮水

我不确定，你是否停下
急切的脚步
十字街口
那枝被风吹动
洁白的栀子花
它的彷徨
可不可以

让自己
避免黑暗，独自醒来

2023 年 6 月 29 日，赴京飞机上

太阳下山

太阳下山了
风从脖子后面轻轻吹来
鸟鸣的声音缓缓上浮
看不见的炊烟，如同剪断翅膀的飞鸟
隐藏于大地深处

沾过露水的指头
推送落满尘土的躯体
花朵化身晚风，触及地面

太阳从楼顶的玻璃
下山在沿街的某个格子间
像金色的羽毛四射

烟火纷至沓来
我起身
把白天疲惫的重力
从马背摔下

2022年3月8日

清晨的雨声

灯光还有点昏暗
清晨却已来临
雨越下越大
蛙鸣的声音不见了
它们仍醉心于沉睡

都说要看花
伞落在了谁的掌心
你美丽的眼睛
又被谁温暖着

我想起来了
你在清晨
第一个走出来
你依然不说话
不回答任何
关于伞的问题

像对面露台的蔷薇花
任凭雨水
淋在它的脸上
始终保持缄默

任凭雷声
把它初绽的花蕾淹没
任凭那些落叶没有遮挡地
被冰凉的积水穿透

2023 年 5 月 5 日晨

露　台

水穿过身体
繁星在一个地方向风
流动
我等不到
它喑哑的自由

视线，那是高处的鸟
它进到某个上午
持续几秒的绿荫
欢乐或悲伤
只是它瞬间的面具

微凉只适宜露珠
短期旅行
黑暗丛生的光芒
并不允许
丝毫冒犯
蝴蝶的释然飞过

这里
混淆了许多静谧的感觉
譬如被时间

烫伤

堕落的声音

嗅觉

从脸上失去光泽

我们都在：沟壑之上

而跌落

只是时间问题

2022 年 5 月 3 日

相处七秒钟

那天我有预谋
对自己下一场大雨
好以雨后清新的模样
见你

拉你去沙丘玩耍
听海水倒灌
把你
像一棵树那样
揽进怀中

我也想
把风关进一个大大的盒子
由你来抚养
我答应
尽量在天不太黑时
出门
可以躲避
打在玻璃上的雨

我想
如果可以

我们再相处七秒钟
然后，化作风
各自飘去

2022 年 7 月 27 日，去淳安车上

不是雨

1

不是雨
却连绵不断
变化的光的蝉衣
在黑夜
充满变数
就像到达一个空荡荡的地方
需要徒步
需要和慢慢暗下来的天色一样
呼吸均匀
就像一张不甘心
遮挡住脸的旧报纸

2

酒红色的液体
在避风处发酵
一件咖啡色外套
随着风走了进来
一条未发出的短信
僵硬地站在那里

一二三四五六七
你像收罗一件件旧古董
把它们抖落出来
我应该也是其中一件

3

风该从哪里吹起?
就从两年前
从一个叫外国地名的地方开始
从古老的石桥吹过
吹倒过莫干山路雪白的灯光
吹斜了保俶塔的半个身子
那时我的手不够长
我就在距门的把手十厘米处
留下一段空白
就像一截刚剪下的栀子花
短暂又好闻

4

灯又从哪里亮起?
灯是一湖水
在苍翠丛林的深夜
在甲虫休眠的时段
点亮
湖水的涟漪

让灯光急促地晃动了
那时的灯光平和而坚实
让人怀疑
离底座太近

5

还是水。不过是半城的泉水
灯光的两边脸颊
寂寞得已近乎荒凉
一定是温差太大
在轰然通明以后
在轰然逃离以后
它又开始失明
你几次站立起来
像一棵被挪动的
西湖柳树
自由摆动
等我把湖水的
大门关上

2022 年 10 月 27 日晨

交接一个月亮

去一个我不曾去的地方
我们相约在黄昏的叶面
交接月亮

几株暗夜，来回变换轨迹
光的星星们成群结队。乌黑的脸颊
适宜把饥饿从近处向外迁移
远离尘埃

黑暗把山峰拔高一节
我的手指触碰了雪莲花
亮晶晶，是月亮的声音
天池摩挲，遥不可及的是天堂呻吟

山巅
一团寂静的黄昏
空气稀薄
躺在月亮的骨髓里
听潮水的起落和无节奏的来袭

2021 年 7 月 19 日

夜色遮住眼睛

我经常路过一些寂寞而圣洁的白花
我也经常看见它们的墓葬以及
宿命的水迂回

一些为墓地而生的花
比如黄色菊花和白色的马蹄莲
飞燕突然从屋后来到堂前
在岁月的岔口低首吸金

染过色的麦芒
卖身契般地插着一张白纸
反复推演过
心中的那道伤口和期许

抓一把夜色遮住眼睛
嗜水的街头假装混浊
一些漩涡的声音自肋骨，自深渊
漫出了春天

2022 年 3 月 21 日，雨中夜归

关于闷热

闷热总是有
一个比他更远的闷热
而绿
是打开这把锁的钥匙

我离开家
当回弹的门
控制生死时速

一个称为图腾的
每一次
都在那里徘徊
就像爱被没收

时间被没收
小路正在沙化
而疏浚的阳光
成为夜
唯一的回声

在他的眼里
你看到下山的空气

狐疑
是众多路障的一个

该告别了
当诞生还要着花招
死亡已拿起披风

2022 年 7 月 22 日，深夜

夜之壳

把自己缩进壳里
只让黑夜知晓

月也蒙上蝉的面纱
以微光替代路灯照耀
膨胀的河水
会沿蝶化的月光径直上岸

音乐截取花开
把一座孤岛尖利的狂欢
放马于农夫的耳蜗
了断与海水最初的
连接

夜，熄灭自己的心事
向隐忍的湖面铺陈
一道干裂的草甸，野火
在风暴眼祭春
一大片天空清许如镜

夜，出手挤压白昼
流星在漆黑里老去

黎明张开大嘴
他的悲壮和悲剧一样
就像一本不轻易打开
书的扉页
在雾霾里，拔剑
任风车、伏兵、狼烟四起

2022 年 7 月 4 日

风击穿岩石

当风击穿岩石
一定是风
落光了全身的叶子

夜吐出蛛丝
一声不吭
像极了试图抹去的记忆

一纸月光
在孤勇呐喊

已经很久
没有人
把歌声推向那么远

当我们
还在边缘寻找
合适的词句
孩子们的尖叫声
已经传来
母亲在疼痛落泪

2022 年 11 月 29 日

蒙蒙的雨下个不停

当最后的一天
也要在灰蒙蒙的雨中翻墙逃遁

雨滴答的沉默。卑微
是巨大的响亮的呼啸
碾成的齑粉

这仅仅是烘托
这被需要的烘托就已足够
让风，在人们头上肆无忌惮地
刮过

大颗刺骨的雨滴重重落下
砸向地面
砸向曲蜷倒伏在暗处的落叶

我看到大段大段的空白
苍白得令人不敢相信
那一抹紫色的，亮色的，粉色的
仿佛还在眼前

在这里，我见证过大片的阳光

迷蒙的彩虹
那是一种可以在画框里定格的美
那是一种黄河边与巨石撞击的
激荡的
宏阔气流

那被捧在手中的头颅啊
那幸福
茂密如森林里弥漫的奇雾

那深邃的河啊
让圆月的芒刺
被蒸发，一组组四射的信服
热力丧失

你看到水中的城堡破碎？
你看到龙卷风恶俗的自大裹挟了人世间？

巨大的屋顶被掀开
桅杆们倾倒一地
人们在天空就像是一片
随时跌落、失速的碎纸屑

说好的承诺呢？
当所有植物都噤声的时候

当阳光锉刀一般，层层推进

当奠基碑塔的幕布被一把抓下

当所有的子弹再次不分青红皂白
刺向苍凉的大地

万物出逃了
只有手中攥着的空气嘎嘎作响

遥远而粗略的天际线啊
悬挂着无数的小水滴
它们正在
遭遇冷漠、遭遇饥饿
遭遇冬天深渊的凝视

2022 年 12 月 29 日新冠居家

黑夜的窗前（一）

黑夜的窗前
是一种掩盖，还是刻入骨髓的裂痕？
在杂草和乱石滩
在飘落的草籽间
狗尾巴草，逆光里的昙花一现

一整片一整片的日光
像冬夜里疲惫的雪花
不停地飘落下来
飘落，融化
融化，再飘落

只为一个野性勃发
只为磨制一枚上个世纪过气的镶嵌
潮汐里，贝壳发光
一排黑色羽毛直立
以示致敬

在我掩饰不住的身后
已堆叠起一长串蜗牛的尸体
它们遗留在大地那白茫茫的印痕

都变成一簇簇

冰冷的霜花

静静地开在黑夜的窗前

2022 年 10 月 24 日

黑夜的窗前（二）

我坐在黑夜的窗前
等待它
慢慢暗下去

声音的光
一时无法倾听
消逝的花
也在一瞬间

我们是蜜蜂
为了交换一个面包
我拔掉爱的翅膀

分离
是为了
把水切成两半
让灰尘沾满爱

当屈服于诱惑的
天空
随时变窄
你的挣扎

正背对我的脸

彩色的玉兰花
就在我黑色的窗外
茁壮成长

一台挖掘机
静静等候
这轮并不存在的月光
已被雨水浸透

早晨
再也听不见原野
发出的声音
而你
将到达自己的圣地
犹如坚硬的石头

2023 年 3 月 21 日，嘉善

面对命运

准确地说
我诞生于简洁的数码
竹影摇曳
单石板桥和溪水
的星星
被天空捂得严严实实
我却说
我不会屈服于
灌木，它大过我的
幼小世界

准确地说
你诞生于海洋时代
一只手按住波浪
进入秋天
失去平衡的森林
在他的骨骼
刻下傲慢或自卑的图案
他憧憬的牙齿
张开
所有的帆
从那一刻起

开始预备
坠入海底或升入天庭

准确地说
我并不知道我们会相遇
我们都是古老月亮的孩子
我们有
各自的独木舟
我不准备
在被你迁来的黄昏里
改变颜色
去寻找一盏灯
我
准备在
草垛升起自己的一颗星

准确地说
我也慢慢习惯与金属、水泥相伴
共度一生
我也准备离开纯洁的土地
向幸福靠拢
倾听一首天真的情歌
我已经不需要
你的船桨

准确地说
失去海拔的港湾

安安静静

而骨头碎裂的声音

将与冰雪融化一起

梦很模糊

而信清晰可见

为什么不肯阅读

心底的留言

为什么，你不知道

没有灯火

也就没有海岸

我

像寒冬中的花朵

彻夜站着

不再奢望

乞求的手掌燃烧

布满沟壑

2023 年 7 月 25 日

10 月 14 日修改

天　地

关上一扇门
就关上了一片天地

门用于进出
不在乎进出
门也不再是门了

它本可以通往天路
让鹰隼自由翱翔

它本可以是夜晚的
灯盏
抚慰萤火虫的伤口

它也可以是白茫茫的
空气
聊作人间有趣的喧嚣

它也是
两个手指间
开始生分的疏离感

门是墙的制氧机
关上门
墙也不在乎
谁在制氧，谁在呼吸了

所有的氧气
来自
一扇门

关上门就意味着
空气的耗尽
奔腾的四蹄会僵硬在半空
在原野，在河流
在暮色里

不在乎眼前
未来
便唾弃了
共同的拥有

2023 年 1 月 5 日

风轻轻托着

数码竖起衣领
纽扣走神

西湖纤细的手
拉不住钱塘江的涌潮

城隍山
铁灰的瞭望塔
在越来越蓝的天空
淡出瞳距

南宋御街的
白墙
贴满彩虹的膏药

铜茶壶从街心伸出
把一众眼睛
浇铸在青瓷

风的原点
不再作为出发地

错过季节的雪
也不再是雪了

雨回家时
被风轻轻托着

2022 年 11 月 3 日

细微的生命

只能用它替代
出现在你面前

让光，进入
水中
让橡树
伸向蔚蓝天空
请时间
停止艳丽的熔化
重新开始
你叫不出
名字的
恰是那条
难以走近的
细微生命

2022 年 4 月 17 日

我喜欢在天空飞翔

我喜欢在天空飞翔
我看见的白云
柔软虚无
刺眼的白光从外面射进来
有人在打瞌睡
你的胸膛一直在响
我担心会不会跳出来
会不会把我按在云朵里
寻找祖先，对岸的花
伸长脖子，唯一看不见的眼睛

起身的时候，时间还没从
梦境醒来
红色火焰手拉着手
在空无一人的门口
守护
面对飞翔，面对即将白茫茫的世界
我一无所知
我的重负在密集的水花
融化
他把他的侧面给我
把一条狭窄的路

变成路标，在空虚的肠胃
像举起一张白纸
制造田野里的饥荒
几只麻雀在枝头四处张望
它黑丝的腿柔软起来
我想象它陷入重重白云的样子以及
黑夜的雀跃
我从开始迷恋叶子到迷恋树干
此时，胸膛饱满如玉
直至像玉米地里拔节的庄稼
风吹低了一波又一波急欲飞翔的绿浪

2023 年 4 月 25 日，飞机上

生　活

他不惜去和
一阵风
一只鸟
一缕阳光相撞击

他只想
向前

他看不见
地陷的可能
坠落的树枝
一群虎视眈眈的乌鸦

他依旧冲向
前方

背后
空无一人
只剩风
跟随它
一同呼啸

2022 年 7 月 30 日

看　见

一只手掌
把云朵逼入
梦境

茅草屋
不知
下一个村庄的命运
你的气息
是鱼群赶往了陆地

尘埃低声说出的
名字
都在透明的
风里挣扎

头发散乱的
那面
村庄的镜子
在人间
碎了

2023 年 4 月 14 日

鸟　事

一只鸟先飞过来
接着另一只鸟也飞了过来
天空遥远
你只是局外人

它们一只停在栏杆上
另一只停在树上
它们停留了片刻
作为梦呓者
我们无需看见

你在黑色的座椅上
看它们
左顾右盼
小心翼翼地寻找食物
甘愿在轻佻的花间走动
你用掌心
给它的巢穴预埋了烛火

作为石头
一个陌生的观察者
当树和栏杆出现疏离

天空的那道缺口
仿佛是决堤雾霾
仅剩的逃脱希望

阴沉的热浪
滚滚
选择退却，避开一切
不与这些匍匐地面的光说话

树荫并不能笼罩它们
树杈被锯掉
这并不妨碍它们在这里停留
向你述说
短暂失忆的快感

它们很快飞走了
并且唱着歌
它们无法避免
与白天黑夜周旋
在无休止的树林里
为了栖息
它们，一直这样
飞呀飞

2023 年 6 月 5 日

晚归的蝴蝶

柳枝被风吹折了身子
护城河的水漠然闪耀

伴随太阳下山的一众蝴蝶
不时从我身边掠过

风，给了它们
扇动翅膀的机会

风，也模糊了它们
受过惊的面孔

风，给了它们
瞬间坠地的重压

不断暗下来的天色
逼迫它们忍着疲惫
在风中，在雨夜
不停地，艰难地
挥动翅膀

它们奋力

朝着远处
一团跳动的烛火
飞翔
那是家的方向

它的身后
有不断掉落风中的
肢体残片

我不知道
明日梦醒
初升的太阳
在壮丽之中
是否还依稀记得起
这些卑微的蝴蝶

2022 年 10 月 3 日，傍晚时分

窗外的天空

世界看起来是窗
一幅刚睡醒的方巾

白云诞生
风正透明
你的快乐和忧伤
取决于
一个圆弧和胃的反刍

黑云垂落长发
似深潭
惊雷
更像是
一个不愿等来的消息

大地众生
辽阔的蓝，更远的亮
被月色拉进
一所空房幽暗的中庭
你像拒之门外的树
面对

不断后退的大地

你吞下

所有的风

2022 年 7 月 21 日

屋　顶

1

燃烧过
云已洗净苍穹
虚幻是荒凉夜的星座
高大的杉树
像一柄巨大绿伞
直刺天空
刺向被风流放的
漫漫长夜
被掏空
如月亮的黑洞

2

鸟在屋顶
像个独行者
它荒凉无比
起伏的蝉鸣
是它退化的
大地羽毛
凌霄花

适宜在风中摇曳
它更像是天使
它不是漆黑的鸟

3

天窗闪亮
白云在暗处
它移动的光标
呈现雪的颜色
你的鞋
有点孤单
它忘记了在雨夜的回家路
雨水浸透
它的翅膀
而它把沉重的石头
深埋进了土壤

4

树很寂寞
灌木也一样
它们的枝条攀上
坚硬护栏
可它想挽起大地
用细长的手臂
去缠绕

透明的小溪

5

炉火是圈定的
蓝色的心脏
不需要语言
就让风刮过耳畔
让风成为七月的风
让蝉鸣
让鸟鸣
还有心跳
覆盖住远去的火焰
让雪
光芒四射
在夏日融化
让风的幻想
不再被冷却
直至将全部的无垠
敞开

2023 年 7 月 27 日，出差途中

今晚的月亮

是月亮的清辉照在水面上
它透明得像
深蓝天空的云
没有心事

湖边的知了黑了
柳树黑了
连脚步声也黑了
而你的脸颊
布满
胜过早晨的
白月光

灯睡着了
月亮
给黑夜录下
风的影子
也录下了我
在深蓝星球
说话的样子

2023 年 7 月 17 日

一盏灯，与被黑夜保管的名字

不断有人
随羽毛冲上天空
看不见的草原
像是宏大的梦
黄昏悬挂起
一盏灯
我知道
它们刚刚照亮过世界

总有人担忧
大地变得荒凉
喧闹声像暗色的困倦
麦穗低下了头
谁也不知道
这扇被替换的大门
里面的海
何时会再汹涌

有人开始哭泣
等不到太阳出来
里面的月亮是蜗牛
黑夜爬行了千年

每个影子都是生命
都有光

终于有人脸上泛起润泽
就像你
双耳被风灌满
你一直等喜悦的口哨
吹响
你不会因为镜子
而变得无所适从

有人选择了离开
因为梦在树梢
花在那一刻化为灰烬
最后的声音
都在风中吹散

总有人
要低声说出结果
唤醒那些
走过的台阶
被黑夜保管的名字
一如你的衣衫
不加掩饰地飘动着
你和世界说过的每一句话

2023 年 9 月 2 日，成都返程机上

第四辑　水的汹涌

铃声响起：邀请

铃声响起：邀请
被你叼走
在路边被人拍门：
催促
上路。进入秋天

酒杯：依次排好
玛瑙色脚印
踩熄
体内的呼吸
这一次
最接近自己

离海近了：不知道
将发生什么
一朵花
在嘴里开放吗？
一切的可能是：
握住花的手

波浪和天空
在十一月
被清洗干净

2022 年 11 月 2 日晨

我是谁

我擅长白天活动，
有时也夜间出行。

我的前端手臂粗壮有力，
我的发丝空如羽毛。

我双手高举合十，
我的手臂筋脉偾张

我的肚子瘦削坚硬，
我的腹部贪婪无比。

我把童年裸露在外面，
我把罪恶的念头包裹在里面。

我，究竟是蛾还是蝶？

2022 年 8 月 14 日

星期二的晚上

我无法想象一个人在黑暗中的样子
我知道，他们在说幸福
关于庇佑
有人面对铜锣，高高在上
就像小河不能流入大海
却说自己的伟大

我无法想象你面对那尖锐的声音
仿佛充满力量艳丽的毒蘑菇
在靠近死亡的水面
你无法像鸽子一样从冰冷的洞穴飞离
你一定光着脚在哭泣
而他们在黑暗的浪里
披着苍蝇的光泽
指向光明的季节

我无法想象你瘦弱的躯体
在暴风骤雨里抖动的样子
你触碰过的那只拖鞋
它是怎样地张开贪婪的嘴
吞噬你
把你的身躯

埋入秋天的楚汉界河

而你还在幻想

看见

雪穿过树林发芽

2023 年 11 月 14 日

水的汹涌

水的汹涌
一定自有原因
因为
它想说话了

一朵花
忽然在拐角开放
因为
它被思念了

一团泥水
忽然有了波澜
因为
它被一双手
温暖过了

一颗星
忽然陨落了
因为
它燃烧了自己
照亮了大地

2023 年 10 月 31 日

送　信

手指触碰到你的衣服
代表我开始冒烟
黑色的眼睛和黑色的身影
吊坠在窗外。面朝我们
有兔子从里往外奔跑
我承认这并不安全
一切都易碎。风正在掉头
我的面部漂浮着许多热词
并快速归集到脸颊旁
无暇理会它们
两个需要涂抹的去处已经结业
有人要来找你
一个邮差
你是一封贴了邮票的信

2022年8月18日晨

我说着的这真实的一切

1

蒸汽从地心袅袅升起
仿佛是旷野
向上攀缘
渐渐充盈的风
不起漩涡
而你的眼睛
一直在微笑

2

枯藤恢复了血色
花
与外界共享
那面镜子
是来自童年
是除了黑土地之外
你被木马旋飞的世界

3

你的双脚

无法用来滑翔
那荡起的涟漪
只是嬉闹的水孩子
它不说话
它包裹着你
让你
不再思念大海

4

用一页芬芳的纸
记录
濒河山坡的白塔
美丽而遥远的边城
那个跪倒在楠木树下的
痴情少年
再也回不来了
闭上眼
看见这一切
无法阻止的
黑暗

5

不再去想
那场伤感的尘世之旅
不死的安魂曲

那朵洁白
不停旋转的
雪花
落在了谁的头顶
我说着这真实的一切
其实
我还没见到它们

6

现在
至少是现在
我需要一只手
在心脏的幽暗处
使劲按压
把血的颜色
加热
喷射到全身、骨骼甚至毛发
把近在咫尺的你
占为己有
然后释放
像在同一个难缠的囚禁者
讲和

2022 年 12 月 31 日

满山都是你

满山都是你
满山却不见你

所有的跑道都向你开放
所有的空域都为你清空
等你仙鹤般归来

戴上蝴蝶结
赴一场漂亮的约会
然而，你失约了
你融入了漫山的苍翠

如果起风了
就跟着风回家吧

如果下雨了
就顺着雨水流回家

如果爹妈来接了
一定要抓紧他们的衣袖回家

就像小时候一样
用力抓住了
千万别松手

2022 年 3 月 27 日

门　口

门口
是另外的一个天地
阳光从侧面
照进来
其热烈程度
赛过你的唇

返回房间
我开始
平衡毛孔和情绪
想起那朵
开了一半炽热的花
我的手在空中
空白了好久

2022 年 7 月 14 日

流浪的窗口

额头，青白色，稀疏是沙漠
我盯着那个地方看了很久
那里沾满地球泥沫
充满渴望的伪装
风滚草卷走了岁月，不会再有波浪缠绕
没有壶盖的茶壶
随时有空降的危险。如果可以忘掉
不开花
迁徙。确实可以一年四季

太阳下山
热浪依旧在四周安宁。在睡着时扎营
预测：雕塑者给麦穗打上火印
火星飞溅，四处流浪
只有我知道
半人半马座在凝望
沙漠尚有的绿洲，轨迹无物可见

卖炭翁。白发苍苍，乌黑的十指
从太阳穴伸出手臂
奏出光。在我的一只眼睛瞎掉以前

确实沸腾了很久。对你而言
冷却即为诞生
桌布掀开它身体的缺口
舞蹈的记忆穿过洪水
见证者。永不会消失
一个母亲袒露乳房
把手的旗帜举高
四周是多么宁静
没有恐惧
发亮的空气充满光辉
下一场倾盆大雨
依偎在石头善良的边
很多人。走进轰鸣

翻到九月。首先看到这些文字：
亮眼的。稀松的呼吸。弗洛伊德的眉头。
我在逆流而上。翻动的
石头割伤我站立的皮肤
我好像还爱着你
就像是走到了半路
被遗忘的东西
还从后背凝视我，接近我

2022 年 8 月 7 日

出 剧

风往北刮。夜幕的皮囊布满触角
随时准备撤退人间
蜘蛛结网中央。退路重叠于霜花
前额放大的纹路遭遇时间的车祸
舞动的鞭毛，黏稠的亢奋随时花开
造就的畸形按住了缓缓而至的时光脊柱
矜持在恶俗的黄金甲前终于溃败
下垂的乳房被几颗黑黄牙齿披挂
弓形虫一般。扭曲
冷眼旁观的灯光
慢慢锁定在令人心颤的地面。笑容僵硬
像一只半倾于世的蝙蝠
蹒跚在枷锁沉重的尘世
两朵习惯日光的并蒂花
在黑夜的欣然里，褪尽青春所有的衣赏
衔出生命的丹顶鹤
已无法以自然的角度勃起
放任山泉在茂密的林间哗哗逝去
就像秋日从天空脱落的
风筝。在一个多维空间

就像夜里奔跑的影子
风一直在耳边呼啸

2022 年 10 月 20 日晚

一柄黑伞挂在阳台的栏杆上

一柄昨夜的黑伞
挂在阳台的栏杆上。
我曾在它的笼罩下，
踩着自己的倒影出发。

几双手都同时伸向夜晚，
一起向天空道别。

当一个人的衣襟被风掀起，
他便是要去寻找丢失的纽扣了。
我们每个人都曾像他那样，
丢失过纽扣，也去寻找过。
有的在夜里，
有的在清晨，
有的在皑皑白雪里，
有的在心脏里，
有的在暴风骤雨里，
有的在欲望里。

昨天，在道别的时候，
他的衣襟被风掀起。
他的纽扣丢了。

他去寻找了。
他独自离开了我们。

回家的路上，
举着一柄黑伞，
踩着湿漉漉的烟火倒影。
僻静的河，
在越来越深的雨夜里，
空无一人的雨夜里，
所有的万物都隐藏了身体的雨夜。
我曾两次猛然回头，
用伞拨开低垂胸间的枝叶阴影。
想让风声，雨声，朦胧的脚步声，
走到我的前面。
或者让开路，
让它们迫不及待地冲到我前面。
这样我就能看见长廊里的灯光了，
这样我就能光明磊落了。
我只能是向前，
身后全是黑暗的雨声。

我必须穿过这座
搭在心脏中间的桥。
再经过一个补给驿站，
走过一个不曾游过泳的街巷。
我已看见那面隐退的白墙了。
此刻正被雨淋湿，

其实已无人去领会
它激昂的表白。
人们只是记得这里有过一堵墙。
它也仅仅是
一条回家的路。
人们只记得曾经的亲人在这里
度过他的童年。
也是一个黑黑的雨夜。
弯弯斜斜的石板路。一只小饭篮。
就着路面偶尔透出的湿滑光亮，
去一座学校给教室里的一盏灯送饭。
那个学校和这条街巷
共有一个名字。
如今仅留下其中一个名字。
所有的一切都已烟消云散，
曾经的亲人已在云朵之中游泳。
快了，快到家了。
再翻越一座桥。
只是回家
还要再继续举高一次手。
擎住一柄雨夜里发光发亮的黑伞。

2022 年 7 月 21 日

寄居蟹
——感叹

对于这个世界，我们是一只寄居蟹
寄生在刀刃或悬崖
或是一道随时变换生死的闪电

你对着白墙回弹的球声犹在
我蒙面而过时
你把凡·高的手插入云端
从此，再也抽不回来

球依然小心翼翼地停留于你的旷野
车筐里奔腾的骏马倚在路旁
你像失足跌落于黑夜的僵硬星星

在未明的天空
在寸草不生的土地
你空洞地仰卧
今生，再无相见了

2022 年 1 月 4 日

衣服宽大

衣服宽大
无法把心遮住

躁动的流浪狗在外面
大门紧闭

一个词反复提起
白天鹅降落
代表树枝的高度
其实并不存在

就让水
低于台阶流逝

在草甸中间
在时光的中间

慢慢倒退的
突起
是被限制的情绪

飞鸟的惊吓

天空之风

正从怀抱窜出

2022 年 11 月

地铁车厢

左边的余光
被一块乳色的阴影
扫描。微微发热

黑色的包，侧位于你
类似一次脆弱的见面

再上面是淡灰色
我想，从这里可以
起飞许多
秋天的燕子

这是短暂的
秋日
——困顿
看不见
翅膀
如隐藏的肉身

眼前
花和叶
不兼容一个方向

知觉的幼崽
将时间折断

前方到站了
几段空的麦秸秆
侧向一边
张开嘴

2022 年 10 月 6 日，地铁站

在心窝的附近

习惯把手放在
心窝附近
那是我
最能靠近母亲
的地方

四肢
气根一样悬浮
浸透泥巴的黑暗
转过身来

虚热是孤独
命悬一线的
光芒

或者我也用
开花的方式
清空
自己的骨殖
纪念
你想要知道的
死亡

我把一切交予
天地

缺氧的血液正蓝
仿佛空气被移动
那样陌生

2022 年 9 月 12 日

把灯光熄灭（微诗九首）

1. 把灯光熄灭

把灯光熄灭了
我再也无法
独坐黄昏
在背影里
叫响你的名字

2. 关于声音

声音延续的岁月
打着转
坠入尘埃
等它们重新出土
就好像又来人世
活一回

3. 风筝

就要坠地的风筝
唯一能解救的
只有

让闪电和呐喊
把风喊回来

4. 起风了

翻来翻去睡不着
是因为起风了
而你们
都住在风里面

5. 窗帘

窗帘挡住了光线
也阻挡了
我的眼睛
从光明走向黑暗

6. 口罩

拴住你的
不只是
两只耳朵
整个面孔
只剩下
一双
不能说话的眼睛

7. 呼吸

面对面
你温暖的气息
迎面扑来
我就想这样一直睡到
没有明天

8. 喉咙痛

里面一定住着强盗
它把战壕挖深
直至挖出血的颜色
水流通过
痛就上下滑动
快活地不发出
一点声音

9. 如果

如果你要恨一个人
那就宽恕自己
如果你要爱一个人
那就让她站在花尖上跳舞

2022 年 11 月 5 日，清晨

我的生命离那里并不远

我的生命离那里并不远
经过冬夜，只有单程车票
快和慢并非一对孪生兄弟
但他们却如此亲密地靠在一起
他们在寻找肉身丢弃的出路
以及最后的一次体面

其实，我比你
离那里更近一些
我并没有觉得恐惧
我只想在焚烧我名字的时候
有你的目光所及
不至于让我
又聋又哑，四处流浪
在复活之日
无人等待

我不把沉重交付给你
我只需明白
你是不是走出了我宁静的世界
我只想为你准备

一双黑色的眼睛和

一顶红色的花冠

2023 年 2 月 18 日晨

请勿鸣笛

我一直刻意避免喧嚣
我躲避风，躲避雨
躲避下山的月亮
我躲避所有散发巨大光芒的物体

我左边是一道绿色的墙，
它有很深的人工痕迹
我尽量行走在它的右边，
与它保持一定的距离
就像我和手中的一把雨伞，
我们之间，若即若离。

我看见路边街巷的寂寞
它们的冷和它们的痛
在橘黄的灯光下，
它们都蒙上了一层喜悦的暖色。

路边被移植过来椰树的宽大树叶
冷冷的雨就从它稀疏的发间滴落下来
一只拉杆行李箱被我走过的橱窗紧紧锁住

此刻前面的路标，
提示我，请勿鸣笛。

2022 年 10 月 3 日傍晚，雨中

关于洗牌、出走和遥不可及

在人间的天体
彗星与陨石之间
用眼花缭乱的手
诞生出一副扑克牌
或用一张筛子，给未来
作粗目或细目的划分

雄性和雌性锁在药铺
随时配伍或流放
飞抵某个山头
蒸发亦以水滴的
卦象出现
青草的天平倾斜
而紫袍紧裹身体

是食盆，很多嘴凑在一起
因为穿过饥饿的希望
花烛后面
你被赋予王者气象

山头，丘陵，平地

由一把二胡演奏
曲调悠扬，回肠荡气

不断结籽，不断结籽
——水葫芦
渐渐脱离水面
连小微水体也纷纷响应
呈现大江大海之势

无节制的风脱落
咸水高涨
眼睛和
几颗缺损的牙齿
被一张白纸
无限放大

太阳不知何时
减弱了光芒
月光也未能悟透黑暗

周边
黄昏起飞的猫头鹰
黑格尔的真理
海水般沉默着

一盏煤油灯

里面长生

流浪火焰

而我们，深陷其中。

2023 年 2 月 11 日，周六上午途中

中　途

紫色的光
年轻一段
停留在隧道

中途，风声
延宕窗外

断联
身体送抵。湖面
一根
长直线
被拆分成几处
或黑或白的
眉眼

麦子
从第一排后退至
角落
向沉默的咖啡色铜雕
一个宏大的涂鸦
致意

角色互换
雾的光辉
蜕变成战士
失盲如
雪的飞瀑

此时，尘埃
穿过胸膛
的隔墙

蜗牛
在樱花树下
在变灰的天
在白围裙里
发出
催眠的气息

弯下腰的
春夜
用吞下的心脏
把倒卧的
灵魂
与站立的
躯壳
用力
分离

像唤醒

——夜。

2023 年 3 月 20 日

小　城

一个上午的小城
有云絮般的悠长
就像你一直在路上
从冬到春
未能如约而至

早晨，我路过
餐厅前的那片水面
失控的人造树叶
挂满天空
那是虚掩的表白

细雨一直在下
就像悬垂的针
有节律地刺入灰黑发亮的
水面
使它迅速反弹
像皮肤一样保持隐痛

一棵树跌倒在
指定的位置
轰鸣暂时停止

惊扰。风
再次吹进窗户
初春渐渐陷入孤寂

我第一次端坐于
这座陌生的江南小城
在水波荡漾的长三角之地
在被江南
对折两次的祥瑞之地
陷入沉思

在下了一场
冰凉的春雨后
我身后的那扇门
等不及告别
就失去了音讯
就像一张被雨水浸湿的纸巾
从此无法打开

2023年3月23日，嘉善

也　许

也许，我不该输入
这些文字
我不该推开
一扇空白的窗户

抉择是
大海快乐的死亡
也是涅槃。

我一直很努力
也很小心
只是为了
拉紧船的缆绳
我不该努力
发出这些文字
不该企图让世界
再做一次决定

务必请你
中止阅读
允许深夜的路灯

布上焰火
允许深夜
传出哭声

2023 年 4 月 13 日

雪峰的一座金顶

——致朱祥务*

你是深蓝天空下
一座白雪皑皑的圣洁雪峰
你是一朵风雪里
盛放不败的雪莲花
你是千百年雪域高原
那一抹最耀眼的光亮

“是的，今天又要出诊。”
你一袭素色的白大褂
是藏民心中最抚慰的色彩
你问症把脉
用喜马拉雅山流淌的清冽雪水
濯洗人们病痛的躯体

你的目光
平和、睿智而宁静
你眼眸里透出的爱
是洒向藏地高原的每一寸贫瘠土地的滋养

---

* 朱祥务：西藏自治区日喀则市亚东县亚东大药房主治医师。荣获“全国模范退役军人”称号和第八届“全国道德模范”称号。

你对爱的理解
也因亚东悬殊的海拔高度
有了截然不同的区别
你是阿玛拉的好儿子
孩子们的好阿爸
对他们的关爱甚至超过了自己的亲生女儿

你忘不了，三十七年前的夏天
一个从四川来藏的戍边青年
在受伤的危急时刻
是当地的百姓给了他无微不至的爱
从此，你感恩的心便深深扎进了雪域高原
那片神奇雄伟的土地
一身绿军装是你永不退役的底色
你把爱与诚信的声音，温暖的阳光
源源不断地在雪域高原播撒

你和高大的雪峰比
你是渺小的
你和巍峨庄严的庙堂比
你是朴素无华的
你和高原的雄鹰比
你是低矮毫不起眼的
但你金子般的心
足以盖过雪峰的所有光芒
你的爱，足以让扎什伦布寺的酥油灯

点亮最暗的星空

虽然，你站在珠峰的脚下
但是，你的高度已远超越了它
你是洁白雪峰的
那一道慢慢变亮、变红、最耀眼的光芒

你是高原上，一座伟岸、圣洁
充满爱和希望
熠熠生辉的不朽金顶

2022 年 10 月 25 日午间

两个人

他们的脸孔贴得很近
舷窗关上又拉起
白云是漫射升起的光

沉浸在半个太阳里面
他们倾斜得像面对面热烈讨论的弦月

此时并不需要光
需要的是黑夜
就在黑夜释放
像成熟的麦子那样释放欲望

此时语言是光芒
将穿透一无所有的身体
照亮灵魂的
幽暗之处

就在高空
在白云模糊的深处
他们用手遮住云的光亮
他们的心都指向太阳
他们垂下的层层黑发

都无法飘动起来

他们的手指也是太阳
没有人再会想起饥饿
也没有人把面包放进嘴里

他们无法彻底安静
他们需要偿还
太多需要偿还的

他们需要让太阳的光芒洒落云朵
一同美丽和幸福

他们需要捉住藏在大海深处
四处流浪的星星
像托举航标灯一样
高高地擎起来
照亮空虚和寒冷

2023 年 7 月 26 日，延吉

看　书

它的角度就是我的角度
躺在北坡
我不能支撑太久
蒲公英纷纷扬扬
我也是

我一直在几个名字间走动
有的相距几毫米
有的是不能去的彼岸

我不下楼
不起身
这样安全
无风也无浪

一枝长长的三角梅
继续开着花
不需要有人告诉
夜晚它的颜色

当太阳晒热它们
当我接近它们

要花很久的时间
而闭合
就在一瞬间

天色将暗
我简单的想象就是
从压寨夫人到女王

2023 年 7 月 24 日

食物之上

她的身体
被剥开
缺口恰好
与你的唇形
吻合
他们在一起
穿过整个走廊
他们一起活
他们一起死

火苗从指尖蹿出
不能落在水上
不能冷却
光辉
让人追出好远
又重重摔上一跤

喝完
最后一滴水
粗鲁决定
放下杯子
把时间装进盒子带走

上帝
总爱他的子民

而她
被揉成一团纸
在万米高空
我不该吃东西
不该吃出
饥饿的感觉

2023 年 9 月 2 日，成都返杭机上

原始的面孔或嬗变

1

茶壶正在发出声响
而我在翻一本书
我们都在寻找，一个合适的表达
沸腾或是安详

2

坐在靠窗的椅子上
看对面露台
凌霄花在微风中颤动
它们在冬天说过的话
我都记不得了
就像它们如今已长出新叶

3

雪白的牛奶
各种艳丽的果子
它们都打扮得很漂亮

陪伴过它们
落伍的那些小虫子
如今已弃它们远去

4

一滴雨
从屋檐掉落时
天空很安静
一朵黄玫瑰
深深低下了头
它的脸
离地面仅有五厘米

5

早起不刮胡子了
我准备等
敲门声响起
让外卖小哥看见
整张欲望的脸

6

我的朋友
同时有三个头像

通常
一个放家里
一个存在脑海里
一个留手机里

7

百里之外的
江边
那间房屋
露出了头皮
飞鸟进来了
而人迹罕至

8

肉体每天都在
演绎
死亡和新生
而我们需要
保持耐心
不断擦拭自己

9

雨一直不停地下
天空黯淡

树叶越来越绿
灰山椒鸟
则刚从眼前飞过

2023 年 6 月 24 日

中间的停顿

我喜欢坐着
看远处的高楼和近处的叶子
看花慢慢昂起花茎
看墙上的太阳长成连体玫瑰

鸟飞走了
朝它宽阔的世界飞去
没有人看出
它的一丝忧伤和快乐

被阳光灼伤的箭鱼
在黎明前返回对岸
它的黑夜就是它的伤口

我喜欢坐着
很多人也坐着
向日葵一样的风吹过
我们都因此远离了
自己的故土
像云朵一样漂浮起来

我无法看清
你泛起的光

就像一颗青色松果
沿不明的水系徘徊
黑夜的枝条
拂去光和靠近的星辰

我喜欢坐着
坐着开始想
一座白皑皑雪峰
它张开的脚趾
上面有淡青色的河流分岔
它照亮我的那一刻

蝴蝶正把灰色的翅膀
打开
在狭窄的空间
慢慢扇动
从东到西，从西到东

就像你读一首诗
忘了中间的停顿
只叙说光
那新的声音
不知从哪边进入

那失踪的火焰
又如何在背影闪耀

2023 年 4 月 15 日，周六上午

世　间

鸟早于黑暗之前
鸣响
自由的万物涌入
时光才刚刚开始
睁大双眼

一枚乳色的蛋在沸水里
凝固
它就是我的昨天
我深陷其中

隐血被摆放在清晨的
水晶餐台
刀叉的光亮
恰好触及你的伤口

熄灭和燃烧
赞美和祈祷
枯萎的泥巴
从未到达过高远的山岗

上溯江岸的鱼儿

酣睡树下
影子无法避免
抓取
蒸腾的霞光
用柔软的一只手

三月的天在变暖
现在是它们
纠缠春天的时刻了
每一棵树
都流出汁液
充斥青草的气味

现在该轮到它们
流向我的发梢了
我知道
这一切将被牢牢捂住
就像傍晚
黑天鹅的飞走
与你的最初无关

2023 年 3 月 9 日晨

窗　外

太阳依旧照在过往的车上
流星依旧闪耀
远航是难解的谜
我还不能触摸
它们的某些肋骨

对面的运动场很蓝
和天一样蓝
那里的每个座位很寂寞
不知道，深蓝的夜
会不会
将它们像孩子那样
重新收纳起来

时间离我越来越远
我不知道
这么安静
这么快
就到了告别的季节
耀眼的白光
是这幢房子垂下的泪

我不走出去
是因为饥饿没有来临
我不去开门
不理会
门外走近的声音
是因为它还不算天使

已经看不出
风在树荫里开始跳舞
已经看不出
茶水的颜色
正接近熟睡了的盛夏
风不再幻想
你使劲地
推开一扇窗户

2023 年 7 月 6 日

遭遇阿什贝利*

点击黑色的背，
等于没握住你伸自海岛手的咸腥。
我看见大海的自由梦幻，
那是你模糊的人生流向。水中的
原生态。

你和另一个人从遥远的地方
来看一场背海的演出。
好的与坏的不可能相距很远。
我猜想，
一定是有更多、更年幼的花需要哺育；
一定是他的徒弟复刻他密码入梦的影子。

从榕树下、南宋城、古老的潟湖边
来到大海黑色烛光的
浮游生物。以绑架更多的猎光者。

我点击的黑色背里的人。
有一个人斜着身子光着头，

* 阿什贝利：约翰·阿什贝利，美国著名诗人、艺术家，美国后现代诗歌代表人物。

讲述一个晦涩难懂的美国诗人。
他的弹跳、无序、破碎的叙说
他就像天才的贴画师，
无意识地操纵一些语句的云朵。
让她们自然地漂泊在感觉的河流中
相互撞击、沉淀、融化以及分离。
他的一生，
缝制三十多面晦涩的旗子，
它们就飘扬在世界各地。

他在五年前，去了另外一个地方，
那是一次遥远的旅行。他留下的屋檐
似曾相识，他让我从缥缈的夏的沙地上
看见渐渐靠近的海岸线。
看见枯枝里一只青涩的月兔似曾相识。
他到没到过中国其实并不重要。

2022 年 8 月 10 日，去宁波象山车上

跋　不确定的时间与晃动的诗

丘　山

一

俞敏兄乃谦谦君子一枚，但他眉宇间自有一种沉蕴内敛又义气凛然的气场在。他虑事周详，待人热情、诚恳，是那种智商情商各种商都一直在线的人，就是说，他社会化程度极高。

但他同时又是一个诗人，一个高产且“纯粹”的诗人。

这“两个人”似乎很难“合体”，但“他们”真实地和谐地实现了“对立统一”，毫不违和。

俞敏出版的第一本诗集叫《隐匿的星辰》，在很长一段岁月中，俞敏作为一个诗人的存在是“隐匿”的，诗歌也好，诗人的“头衔”也好，于他都是一种虚渺、隐秘的状态，这跟诗歌纯精神质地的特性是高度一致的，也与俞敏对于诗歌“私人化”的认知是一致的。

“行驶在黑暗里，气流如鸟似水／我的前世在一声叹息中醒来／两条腿被山野重叠／屋顶是昏睡的世界／隐匿了所有的星辰和守夜人”（《夜色苍茫》）。诗是他倾诉的树洞，也是他自我隐匿的屋顶。

是诗集的出版使得雾岚渐渐散开，“黑夜的窗帘已透出光明／雪开始松动并融化”，“光从蓝色的天窗外／斜斜照射进来”，他开始偶尔在朋友圈晒出诗歌新作。他在第二本诗集《越过山顶的太阳》的同题诗中写道：“几只鸟／沐足在乳色的晨雾／那海棠花般的啼鸣／

恰似荒原一束蓬勃的光芒 / 高扬而宽阔。”

但在出版第二本诗集时，他用了一个笔名“肃其羽”——尽管太阳已越过了山顶，他还是想——徒劳地——把自己隐匿起来。

二

俞敏写诗有三四十年了。他经历过上世纪八九十年代诗歌和文学理想主义的精神洗礼，后来虽然在文学日渐边缘化的大趋势下走上公务人员的岗位，但诗歌从未离开。他一直在关注，一直在写，一直在读。隐匿地。

他说：“我算不上诗人，我只是热爱诗。”

同样作为一个诗歌“业余作者”，我非常理解俞敏对于诗歌的态度，不求闻达，不图名利，也不在乎发不发表，就是喜欢——喜欢读诗，喜欢写诗。

如果讲有什么“功利心”的话，也是有的，那就是叶嘉莹先生说的，“读诗，是为了让心灵不死”。

有诗人说人的成长或者社会化的过程就是一个不得不放弃诗意的过程，而且这过程“理所应当”，但也有像俞敏这样的人，从未放弃，他诚实地守住本心。尽管世道人心日益沙化，但他的心灵绿意盎然，他的生命郁郁葱葱。

他在诗中写道：“……潮湿的初夏 / 时间的风荷，摇曳生姿 / 惊醒泽蛙 / 等待风雨来临 / 那声透亮的鸣响”（《书香门第》），不管是泽蛙鸣响的静谧，还是风雨来临的突变，他时间的风荷都摇曳生姿。他那么怡然自得，那么气定神闲，那么诗兴大发！

俞敏的诗的语言有很强的变异性，但他的诗元素又是充分的。还以《书香门第》为例，一首短短十一行的诗，视觉、听觉、嗅觉、触觉等感应交通、递转腾挪，构成了立体饱满的诗歌意象和新奇美妙的审美感受。而他语言的变异性，是因为他内心表达的需要，他甚至故意制造他诗歌理解的难度。我认为这是他的一种“暴力美学”，或者说“宣泄美学”——只有这样写，他才能感觉到“爽”！

“诗让诗人在可见的冷漠呆板的世界中构建或再现另一种现实”（诗人叶辉语），俞敏在现实世界和自己构建的诗歌世界中自由出入，他因此找到了一种平衡，“内心才会感到一丝安宁”（《隐匿的星辰》后记）。

三

俞敏写作很勤快，几乎每天都有新作，很快就有了两三百首诗，够出版第三本诗集了。

他说这些诗总是在晃动时分写出来的，如夜晚返家路上晃动的步行中、周末河边晃悠的散步中，或者外出出差，在晃动的车上构思完成的。

他觉得，他在晃动的时候很容易触碰到一些东西。

俞敏这个归纳很有意思，也符合我对他这本诗集的一个总体观感，那就是更加充满形而上的哲学意味。

这本诗集精选了一百二十余首新作，分为四辑。第一辑“重叠时间”，以时光流转为主线，收录与时间相关的诗作。第二辑“空山之深”，由水色到山色，收写自然风光和地面的事物的诗。第三辑“夜的窗前”，收写夜色、梦境、命运、风、飞翔、月亮等“空中的不确定的事物”的诗。第四辑“水的汹涌”，收写与世道人心有关的“嬗变的一切”的诗。

第三本诗集的名字，我们反复探讨。我从其诗稿中的一首诗《不确定的》和这本诗集的哲学意味，于凌晨两点四十分想出《路过不确定的时间》的书名，获得俞敏首肯。

我不确定。你是否隐藏着光
或是只让影子穿过百叶窗

在对面玻璃的反射光
雪一般静静滞留

我想起
一朵云的身后
是蔚蓝
多变的世界
花在风中
可以摇曳很久
也可以被风
吹得
无影无踪
……
——《不确定的》

白云苍狗，岁月不居。经历过疫情带来的不确定，每天面临着从世界百年未有之大变局到工作的不确定、生与死的不确定，俞敏的这本诗集，从时间、空间的向度和对虚幻事物、嬗变人心等的描摹，写出了我们这个时代的特质和人的焦虑。

俞敏在晃动状态下写的诗，反映了这种不确定带来的焦虑，又让人们在诗中找到心灵的慰藉和平静。

这很哲学，这很诗歌，这很俞敏。

2024 年 1 月 3 日

丘山（邱建国）：诗人，编审，原为浙江文艺出版社副总编，现为浙江摄影出版社副总编。

后　记

我这部诗集的名字叫作《路过不确定的时间》。

这是我的好朋友、诗人丘山兄与我反复商量后确定的。他是我前两本诗集的出版策划人，了解我的创作。

有一天晚上我们讨论了很久，后来我睡着了，第二天早上醒来，在微信上看到丘山在凌晨两点多发给我的这八个字时，眼睛不由得一亮——就是它了！

我觉得这个略带禅意的名字一下子击中了我的内心。

世间万物既是可知可感的，也充满了太多未知和不确定性。诗歌也是如此。从某种程度上讲，这个诗集名也代表了我对世界、对生活、对诗歌的理解和认识。

“不确定”对应的一个词是“变化”，而变化是神奇的。“初渐谓之变，变时新旧两体俱有；变尽旧体而有新体，为之化”——《礼记·中庸》。

所谓“不确定的时间”，就是一种变化，是一种动态的、过程性的变化。

我可能属于偏喜欢确定性的人，这跟我长期从事的职业有关，总希望能以相对的确定、可控，来应对各种变化的状况。但我认为，诗歌应该恰恰相反。它应该是不确定的、不可控的。因为确定的事，基本上也就没了悬念。诗歌应该有大段大段的留白，保持神秘，充满想象，一切应该是不规则的。

这两年有太多不确定的时间里发生的不确定的事，给我们这个地球乃至一草一木都带来巨大的、不可磨灭的影响。

这种意外以及它的不确定性除了可能引发龙卷风，影响草木的生长，带来雨雪风霜，甚至也会影响到我们明天早上起床的心情。

比如今年杭州的冬天，终究没有下过一场像样的雪，就是下雪了也下得很潦草。尽管这个春节有明媚的阳光作为补偿，房间内的杜鹃花也红艳艳地盛开，但依然让人感觉阴冷。

而前几日竟热得可以穿短袖——这是在杭州的冬天！我印象中，近十年间，杭州的春节没有这样热过。但就是这种不确定性、不可预知性，甚至颠覆性，使我们有一种新鲜奇妙的人生体验。就好比诗歌，它充满了内在的魔性。而这种不规则、不可预知性，正是诗歌生命力的表现。这是诗歌的“黑洞”，也是诗歌的诗性所在。

经常有读者在读一首诗的时候会发问：这首诗究竟表达什么意思？说实在的，有的时候，这确实是比较难回答的问题。

就拿我自己写的诗来说，有的我很清楚自己表达的意思，但有时却很难说得清楚。这种想表达的意思，隐隐约约在那里，像是能伸手抓住，但又有点飘忽，不知道究竟是抓住了云朵还是一片树叶……很难清晰地说清楚。但在写作时，“诗”就是那么快速地流淌出来，快得让你还来不及咀嚼其中的意思。我觉得这就是诗歌天然的神性，它不可预测，难以解释，甚至充斥矛盾和晦涩。

这也就是西汉董仲舒在《春秋繁露》中所说的“诗无达诂，文无达诠”，我完全赞同。

这其实是审美主体的差异性带来的，我们每一个人都有他自己认知的“影子世界”。生活如此，古诗如此，现代诗也一样。

在我的这本诗集里，较少有宏大叙事的作品。当然偶尔也有例外。

因为我觉得所谓宏大其实是由许多小微事物组成的，即便是一粒粒尘埃。

从这个意义上讲，尘埃也是伟大的。没有尘埃，也就没有所谓的宏大。

这部诗集是我出版的第三部诗集，共收录了我近两年来创作的一百二十四首诗，分为“重叠时间”“空山之深”“夜的窗前”“水的汹涌”四个小辑。这些既是我生命时光的诗歌影像，也是对诗歌再学习的一次探索。

在这里要特别感谢著名诗人、中国作家协会原副主席、中国作家协会诗歌委员会主任吉狄马加先生拨冗赐序；感谢随笔作家、著名诗人木汀兄给予的帮助和支持；感谢作家出版社老师的精心策划和编辑；也感谢在这部诗集编辑出版过程中给予帮助的各位亲朋好友，在这里不一一列举了，谢谢你们。生活因您而美丽，生命因您而丰实，诗歌因您而熠熠生辉。

俞敏　2024 年 2 月 22 日于杭州华家池

图书在版编目（CIP）数据

路过不确定的时间 / 俞敏著；-- 北京：作家出版社，2024.11. -- ISBN 978-7-5212-3028-4

Ⅰ. I227

中国国家版本馆 CIP 数据核字第 2024D57668 号

路过不确定的时间

作　　者：俞　敏
责任编辑：省登宇
装帧设计：琥珀视觉
出版发行：作家出版社有限公司
社　　址：北京农展馆南里 10 号　　**邮　　编：**100125
电话传真：86-10-65067186（发行中心）
86-10-65004079（总编室）
E-mail:zuojia @ zuojia.net.cn
http://www.zuojiachubanshe.com
印　　刷：三河市紫恒印装有限公司
成品尺寸：142 × 210
字　　数：210 千
印　　张：9.125
版　　次：2024 年 11 月第 1 版
印　　次：2024 年 11 月第 1 次印刷
ISBN 978-7-5212-3028-4
定　　价：58.00 元